性悪《しょうわる》人誑《ひとたら》しに男前わんこが溺れています

Kei Imajou
今城けい

JN267574

CHARADE BUNKO

Illustration

兼守美行

CONTENTS

本作品の内容はすべてフィクションです。
実在の人物、団体、事件などにはいっさい関係ありません。

性悪《しょうわる》人誑《ひとたら》しに男前わんこが溺れています

CHARADE BUNKO

たかだか十四年ぶんの季節しか知らなくても、人生に倦《う》むことはある。

たとえ生活のほとんどを病院と、そのなかに併設された教室で過ごしていても、さまざまな出来事は目に映る。

患者となってこの総合病院を訪れる人々には、ありとあらゆる事情があり、悩みがあり、苦痛があり、喜びがある。そして、その病状次第では永遠の別れまでもが。

そうした人々と、家族たちにもたらされる悲喜こもごもの人生ドラマ。それらを長年見続けてきた身としては、流れる日々が重なるごとにしらじらと醒《さ》めていくのもしかたがなかった。

自分にはここから出ていく見込みもなく、終焉《しゅうえん》を迎えても惜しむ者は誰もいない。

いや、たったひとり、血の繋《つな》がらない祖母だけは哀《かな》しんでくれるだろうが、最近ではそうした想《おも》いもどこか他人事《ひとごと》のように感じる。

次第にたそがれ、冷えていくこの世界。ならば、まもなく滅びるのも悪くない。どのみち、長らえていたところでさほど変わりはないのだから。

自分が眺める人々は、ときには気高く美しく身を処して、ときには泥を跳ね散らかして醜くあがく。

それらはもちろん美醜でも善悪でも決まりがつけられるものではなく、彼らが必死に生きているという証《あかし》だろう。

なのに——自分にはそれがない。

真のやさしさとはどういうものかわからないし、なにかにしがみつくような執着心にも欠けている。死をも含め、多くの人々の喜怒哀楽をただ眺め、事例として理解する。

そしてそれらはそこで終わり、決して自分の感情には結びつかない。

なぜだろうとも思いはせず、だからこそ自分には、その程度の人生しかあたえられていないのだろう。

いまが人生の晩年と、さして感慨もなく思いつつ、惰性のままに続いていたある日の夕方。たまたま自分は病院の庭先でどこかの親子を目に入れた。

見たい景色《けしき》があるわけではなく、しかし病室にいるのに飽きて、車椅子《くるまいす》で裏庭に場所を移してまもなくだった。通用口から出てきたのは、やつれた印象の母親と、四歳ほどの女の子供。母親は疲れているのか、子供がぐずり、抱かれたがるのに表情もなくうなずいている。ほとんど無意識の動作で子供に手を伸ばし、そのときちいさな人影がまっしぐらに駆け寄ってきて「母さん、おかえり」と声をかけた。そのあとすぐに女の子の手を握り「兄ちゃんが抱っこしてやる」とも。

小学校の何年生くらいだろうか、見た目は小柄だが、しっかりした風情だから五年生くらいにはなっていそうだ。その男の子が来たことで、だるそうだった母親は少しばかりほっとした様子になって、あたたかなまなざしでその子を呼んだ。

自分が十数年経《た》ったいまも、忘れられないその名前を。

◇　◇

野江奏太《のえそうた》の性格を簡単に表すのなら、「明るく元気」となるのだろう。

今年で社会人三年目を迎えた野江は、そのうえに人懐っこい性分で、たいていの人間と仲良くなれた。

背が高すぎず、低すぎず、茶色い髪は癖っ毛で、そのうえ笑えば右の八重歯がより愛嬌《あいきょう》を感じさせる。年齢よりも幼い顔立ちもあずかってか、誰もが気軽に話しかけるし、野江のほうの対応もほがらかだ。今日も上司に声をかけられ、いきおいよく立ちあがった。

「おーい、野江。組立班の仕あがりを見に行くから一緒に来い」

「あっはい」

そうして構内にある組立工場へと向かう途中で、相手がふとこちらの頭を眺めて言う。

「野江、寝癖」

あせった野江が「すみません」と言いながら髪をせっせと撫《な》でていれば、上司が苦笑を浮かべながら聞いてくる。

「ここに来て一カ月だが、仕事には慣れてきたか？」

「はい、お陰さまで。皆さんよくしてくださるので」

「そうか、ますます頑張れよ」

「はい！」

野江が上司に言ったとおり、この工場の人々はいつも自分によくしてくれる。だから野江も頑張り甲斐《がい》があるのだった。会えば笑顔を交わし合い、ときには互いを励まし合って、なごやかに築いていく人との繋がり。

しかしなにごとにも例外はあるもので、野江にも苦手な人物は存在する。組立工場から戻ってくると、その唯一の例外がデスクの前から振り返った。

「野江くん」

名前を呼ばれて、ビビッと背筋が突っ張った。

「あっはい！」

「午後の会議に使う資料はできましたか？」

聞いてきたのは千林《せんばやし》。彼はここ、粟津《あわづ》工業さいたま工場に勤務して三年目、野江とおなじ生産企画課の社員であり、野江とは同期。ただし、彼は中途入社の社員だから、野江より三歳上になる。

「え、あ。……これですっ」

書類を見つけ、大急ぎで彼に届ける。すると、資料をぱらぱらとめくったあとで、

「二ページ目の第一段落は文章の見直しが必要です。あと五ページ目、第3図の画像は少々不適切です。設計図ファイルA—52の二枚目と差し換えを」

手元にファイルがあるわけではない。千林は社内サーバーに収めた図面を記憶から呼び出してこう言ったのだ。

「はい、すみません」

差し戻された資料をうやうやしく受け取って、眼鏡《めがね》をかけた端整な顔を見やる。

千林はすらりと背が高く、物腰はこなれて垢抜《あかぬ》けた雰囲気だ。いかにも知的エリートといったふうなこの男は、実際頭の出来も飛び抜けていて、本社の役員クラスでも彼には一目置いているとの噂《うわさ》もあった。

「何分で修正できます?」

「あっ、えっと。十五分くらいあれば」

「ではそれでお願いします」

野江は資料をかかえて脱兎《だつと》のごとくデスクに戻る。十五分と言ったからには、きっちりとその時間内に作り直しをしなければ。

パソコン画面のウインドウをひらきながら、野江は背中に汗が滲《にじ》むのを感じている。千林

ばはたとえ時間に遅れても、特に小言を言うわけではない。なんの感情も乗せないでただ野江を一瞥《いちべつ》し、ご苦労さまと背を向けるだけ。そうされないために、なんとしても頑張らなければ。

煙が出るほど頭をフル回転させながら、必死に手を動かして十分後。

「……できました！」

言うなり小走りに千林のデスクに近づき、ビシッと書類を差し出した。彼は指摘した部分を眺め、軽く頭を縦に動かす。

「そうですね。これでよくなりました」

「はいっ、ありがとうございます！」

気をつけのポーズから返事をすれば、彼は微苦笑を浮かべながら自分のデスクに向き直る。野江はしばらくおなじ姿勢を保ったあとで、これ以上の話しかけはないとわかり、元の席に戻っていった。

「よかったな。訂正がうまくいって」

隣の席からちいさく声を投げてきたのは、野江とは同期の水岡《みずおか》だ。彼は最初の配属時からこの工場に勤務していて、この課での経験は野江よりも長いのだった。

「うん。十分間で直せたしな」

思い返すとうれしくなって、野江がにんまり笑ったら、相手はいくらか呆《あき》れたふうに洩《も》らしてくる。

「おまえほんと、あのひとの仕事ではめちゃくちゃに張りきるなあ」

野江が返事をしかけた直後に課内の電話が鳴ったので、水岡は自分のデスクの受話器を取り、そこで私語は終わりになった。

パソコン画面にふたたび向かい、野江は（だって）と内心でつぶやいた。

自分が千林に声をかけられ、緊張するのも、張りきるのも当然なのだ。

なぜならようやく……と思いを馳《は》せる野江の脳裏に、二年と一カ月前の彼の姿が甦《よみがえ》った。

◇　◇

「あの。俺は野江奏太だけど、きみ、いやあなたは？」

「僕は千林凌爾《りょうじ》です」

入社後初の研修で、隣の席の男に聞いたら、彼は冴《さ》え冴《ざ》えとした眸《ひとみ》を向けてこう言った。

「これから三カ月間一緒ですね。よろしくお願いいたします」

「あっいえ。こちらこそ」

ぺこりと頭を下げたあと、不思議に思ってスーツ姿に目を向ける。

彼のこの雰囲気は、つい最近まで学生をしていたとも思えない。本当に自分とおない歳《どし》なのか？

「僕はきみより三歳上です。中途入社ですからね」

「え、なんで……」

自分の考えていたことがわかったのか。

野江が目をぱちぱちさせると、彼は怜悧《れいり》な顔立ちに微笑を浮かべた。

「きみの顔に書いてあります」

「えっ」

野江があせって頬《ほお》を撫でると、彼は銀縁眼鏡の奥にある目を細め「冗談です」と告げてきた。

意地悪でからかわれたわけではないが、彼のその表情から野江がわかりやすい、単純なやつだと思われているのを感じる。

年上で、かしこそうで、社会経験もばっちりこなしている相手。格好いいなと感じるが……なんとなく苦手かも。

めずらしくそんなことを野江は思う。苦手と言っても不快に感じる範囲ではない。ただ、なんとなく距離感をおぼえてしまう。

先方の懐にするりと入るのが得意な野江は、逆に言えば相手が自分に気を許していないときの見極めができるからだ。

千林はやさしい雰囲気の持ち主だが、どこか目に見えない壁のようなものを感じる。彼とのあいだに隔たりをおぼえるのは自分の気のせいなのだろうか。このひとが見た目も頭もいいために、気後《きおく》れしているだけなのか?

自分の気持ちがはっきりと見定められないままはじまった研修は、しかし距離感はそれとして、千林を尊敬するに足る充分な出来事がいくつもあった。

新入社員とは知識の蓄えが違うのか、彼は座学に関してはつねに満点の成績だったし、あるときなどは高名な経済学者の著書を引用することもした。

「つまり、みずからの強みを見つけるほうが弱さを克服するよりも効率的だということですね。長所を伸ばしていくほうが、マイナスからの出発よりも目標値には近いですから」

「それは確か……ドラッカーの『マネジメント』か?」

「はい。——あらゆる者が、強みによって報酬を手にする。弱みによってではない。したがって、つねに最初に問うべきは、『われわれの強みはなにか』である——つまり、いまお聞きしたのを総括すればこういうことかと」

すらすらと述べていくこの知識量。千林ならむしろ受講するよりも教える側に回ったほうがいいんじゃないかと思うほどだ。なのに、彼にはいっさい高ぶったところがなく「僕には三年ぶんの社会経験がありますからね」と野江をはじめとする新入社員たちのよき相談相手になってくれた。

「もう毎日おぼえることが多すぎて、頭がぱんぱんなんだけど」

一日の講習を終えたあと、ロッカールームで新入社員のひとりがぼやけば、隣も同意の仕草をする。

「俺もそう。ミスもしょっちゅうやらかしてるし。だけど今日も千林さんが俺をフォローしてくれて……この研修にあのひとがいてくれてよかったよ」

「うん。ほんとならこんな訓練いらないと思うのに」

基本、新入社員教育は千林のような中途入社の社員にはおこなわないものらしいが、たまたまタイミングが合ったのと、なんでも経験しておきたいという彼の意向を汲《く》んだから――とは、研修仲間の噂の範囲でしかなかったけれど。

「なんかさ、あのひとはうちの社長の親戚《しんせき》かなんかからしいぜ」

「それでたいていの要望は通るんだって」

「ここに来る前は外資系の証券会社でバリバリ稼いでいたらしい。なのになんで、こんな……つったらあれだけど、中規模の洗浄機メーカーに来たんかなあ」

野江もそれは不思議だったが「証券マンを辞めてしまって、どうしてここに来たんですか?」と直接質問をぶつけるような、ある意味勇者にはなれそうもない。

やがて座学が中心の本社での研修を終え、さいたま工場に場所を変えての実地訓練がはじまってからは、千林は製造現場で黙々と、しかし確実に手を動かして自分のスキルを高めていく。

その呑《の》みこみの速さはベテランの工員も驚くほどで「千林よう、おまえ机に座るのやめて、こっちでずっと働けやあ」と勧誘されるくらいだった。

「そうですね。僕はここの工場を配属希望にしていますから、機会があればいろいろと教えてください」

「おうそうか。なんでも聞けやあ。仕込んでやっから」

「はい。お願いします」

がははと笑う工員に返す台詞《せりふ》は本気のもので、野江は真摯《しんし》なその表情についうっかり見惚《みと》れてしまった。

（このひとはこんな顔もできるんだ……）

手を汚し、工具を振るっての現場作業も厭《いと》わない彼の姿に、またひとつ新しい面を見た。

こんなひとと働きたい。秀麗な横顔を遠目に眺めて、野江は心底そう願う。彼がこの工場を配属希望にするのなら、自分もおなじにしておこう。

ひそかにそう決心し、残りの研修を精いっぱいにこなしていく野江だったが、新人研修もあと二日を数えたとき。いきなり大きな声が聞こえた。

「おい！　いったいここどうなってんだ⁉　誰がこんな部品のつけかたしたんかよ⁉」

おまえらか、と組立班の工員が実習中の新人たちをねめつけてくる。

「こりゃ売るための製品だぞ。おまえらのおもちゃじゃねえ。こんなじゃ一発クレームになっだろうが！」

誰がやったと怒鳴られて、しかしいずれも名乗り出ない。茫然《ぼうぜん》と突っ立っている仲間のうちで、千林が身動きしたような気がしたが、しかしその前に野江の足がとっさに出ていた。

「すみません、やり直します！」

怒りの形相を露《あら》わにしている工員の前に行き、失敗部分に目を凝らす。

「これ……バルブの位置が反対ですね。すぐつけ直します」

腰に着けていたバンドから工具を取り出し、向きの違ったバルブを外すと、脇からがなる声が聞こえる。

「てめえこのヤロ。わかってんなら失敗すんな！」

「はいっ、すみません！」

「そうだ。うん……やりゃあちゃんとできるじゃねえか」

ひとつ大きくうなずくと、野江の肩をバシンと叩《たた》き、その工員はふたたび自分の仕事を続ける。野江は彼に深く頭を下げてから、作業の手を止めこちらを見ていた新人たちのほうに戻った。

「えっと、あの」

言いかけたら、そのなかのひとりがびくっと肩を揺らした。それを目の端に収めながら野江はおだやかに声を発する。

「ミスったこっちが言うなって感じだけど、失敗からでも学べるものはある気がするよ。お陰で俺は、あの機械のバルブの位置は今後絶対忘れないし。あと――皆さんどうも心配かけてすんません、でした」

お辞儀をしてから、研修仲間にニカッと笑うと、目に映る全員がほっとした様子になった。

「ああ……そうだよな。俺なんかもこないだネジの締めかたが甘いって叱《しか》られたし」

「そうそう俺もバケツ蹴飛《けと》ばして引っくり返した」

「怒られた？」

「そりゃもうばっちり」

「いばんなよ、そんなことで」

「まあとにかく頑張ろうぜ」

そうした会話で雰囲気がほぐれていき、めいめいがふたたび仕事に取りかかろうと散っていく。野江もまた踵《きびす》を返し……すぐ後ろにいた千林とあやうく衝突しそうになった。

「わ。すみませんっ」

「いえこちらこそ」

正面から向き合うと、野江の目線は千林の口元にある。やっぱり背が高いんだなと実感しつつ、彼を見あげた。眼鏡の向こうの彼の眸は二重のすっきりした切れ長で、おなじく二重でもアーモンド形をした自分のそれとは違っている。

やっぱりパーツのひとつずつが整っていて大人っぽい。そんな感想をおぼえながら待っていたが、いつまで経っても彼はなにも話しかけず、しかし立ち去ることもない。

「……あの、なんでしょう？」

次第に居心地が悪くなり、首を斜めにたずねたら、彼はまばたきしたのちにゆっくりと口をひらいた。

「ああちょっと、感心していたんです。意識しているかどうかはともかく、きみはムードメーカーですねえ。場の雰囲気が下がるよりもあがりました」

これは褒めてもらったと思ってもいいのだろうか。ひそかに尊敬しているひとから思いがけない賛辞を受けて、野江は盛大に照れながら頭を掻《か》いた。

「ありがとうございます。千林さんみたいなひとからそう言われると恐縮します」

すると、彼は上体を前に傾け、野江の大きな両目をのぞきこんできた。

「その、千林さん、なんですが」

「はい？」

「さんづけはいりませんよ。僕たちは同期ですから」

どうぞ千林でと彼に言われ、野江はぶるぶる頭を動かす。

「呼び捨てなんてとんでもないです。あなたは俺より年上で。それに……っ」

「それに?」

素敵で、格好よくて、憧《あこが》れているひとだから。でもその気持ちを面と向かって言うわけにもいかないし、野江は返事をしかねてしまう。黙ったままで無駄に視線をうろつかせると、千林はややあって静かな調子で問いかけた。

「じゃあ、ずっと千林さん、野江さんでいきますか?」

それもなんだか嫌かなと思ったけれど、しかし「千林」と呼び捨てにできるほど豪胆な気分にはなれそうもない。やむなく野江は苦しい言いわけをしはじめた。

「ええと、ですね。あなたの言うとおり、それだとちょっと他人行儀かもですが……かといって、俺なんかが呼び捨ては畏《おそ》れ多いし。そもそもあなたは人生の大先輩とかそんなレベルで……」

自分でもわけがわからなくなってきて、しまいには舌の先でむにゃむにゃと言葉が消える。困り果てた野江の前で、千林は「人生の大先輩?」と両眉《りょうまゆ》をあげてみせた。

「だとしたら、僕はずいぶん甲羅《こうら》を経た年齢だと思われているんですね?」

言われて、野江は飛びあがった。

「あっいえっ、俺はそういうつもりじゃなくて。つまり、えっと。俺はやっぱりさんづけでいきたいけど、そちらのほうは野江でもなんでもご自由にって言いたいわけで。なんだったら、奏太でも、うーたでも、そうぽんでもどうぞですっ」

自分でも支離滅裂な感じである。相手はさぞかし呆れただろうと視線を向ければ、思いのほか真面目《まじめ》な顔がこちらを見ていた。

「そうですね。そうぽんはちょっとあれかと思いますが」

そこで彼は一拍置いて、

「そうくん、と呼んでもいいです?」

「……え?」

「不都合ですか? 仕事中には言いませんが」

きょとんとした野江を見て、嫌がったと思われたのか、彼がそんなことを聞く。

「あっいいえ。俺のほうはどう呼ばれてもいいんですけど」

ただ千林が「そうくん」と発音したとき、なにかを想い浮かべている表情をしていたから。

おそらくは野江本人ではないべつのなにかを。とても大事なほかの誰かを。

なぜか胸にちくんとした痛みをおぼえ、野江はちいさな声を洩らした。

「じゃあ、『そうくん』で……仕事中以外には」

「ありがとう。うれしいですよ」

微笑した千林が、ふっと視線を斜めに向ける。

「おや? ここちょっと軽くメッシュが入ってます?」

言いながら、長く綺麗《きれい》な指を伸ばして、こめかみあたりに生えた髪に触れてくるから驚い

た。瞬間、ビビッと背筋が震え、そのあとで身体《からだ》が固まる。

「……ああ、すみません。こちらは天然なんですね」

千林の言う「天然」に、なにやら違う含みがあると思うのは気のせいか。軽く口角をあげた顔は完全に面白がっているそれであり、やさしい表情もなにかしらうさんくさい。

(こ、これってわざとやってますよねっ……!?)

そんな内心の叫びとは裏腹に、ただ赤くなるしかない自分自身が子供じみていて嫌になる。こんな反応をしてしまったら、さぞかしガキっぽいと思われているだろう。

「……作業に戻りましょうか」

つかの間野江を見つめたあと、しかし千林はからかう気配もなくそう言った。それから続けて、ごく低く「そうくん」とも。

野江は返事をすることもできないで、こくこくとうなずくと、彼と離れてあたえられた持ち場についた。

これからやるべき手順に集中とおのれ自身に言い聞かせ……それでもやっぱり耳元に彼の声が纏《まと》わりついたままでいる。

「そうくん」と甘くやさしく呼びかけてくるその響き。

「……だけど」

あれはきっと自分にじゃない。だから心を揺さぶられる必要はない。

千林と自分とは、新人研修を一緒に受けているだけの関係だ。千林が誰を想って「そうくん」と言ったのか。そんなことを想像して、なんとなく泣きそうになってくる理由なんかひとつもなかった。

◇　◇

仕事以外の場面では、千林は野江に「そうくん」と呼びかけていい。ふたりでそんな取り決めをしたものの、しかし以後にそうした機会はまったくなかった。

期間が定まっている新人研修はほどなく終わり、そののち千林はさいたま工場に配属され、野江のほうは変更の申し出が通らずに、最初に希望した本社の営業課で働くことになったのだ。

都内にある本社勤務は忙しいが充実していて、人当たりのいい野江に営業は向いていたのか、新人ながらそれなりに成果を出せた。

会社生活にも慣れ、社内にも友人ができ、毎日が楽しくて……なのに、どこか満たされない想いが消えない。通勤途中のふとしたはずみや、家に戻ってシャワーを浴びているときなどに、どうしてなのか頭に千林の声がよぎる。「そうくん」と自分を呼んだ、あのやさしくも甘い響きを。

「こんなの変だよ……くそぉ」

まるでなにかのまじないをかけられたみたいだった。会社に入って一年が経過しても、あのときの彼の視線と声とが折々に甦る。

あれは自分に向けられたものじゃないのに。思い出すたびどきどきしてしまう自分は馬鹿だ。

あれからずいぶんな時が過ぎ、もういい加減忘れたっていいはずなのに、いつまでも引きずったままでいるのは、千林と話す機会が皆無ではないからだろうか？

野江と千林とは働く場所が本社とさいたま工場とに別れていたが、ときどきはこちらの課に電話をかけたり、本社におもむいてきたりすることもある。

彼の所属する生産企画課が営業と製造とを繋ぐ部署で、必要あれば本社の販売部門まで打ち合わせに来るからだ。野江はたいてい得意先を回っていて千林とはすれ違うことが多く、しかしたまには本社内で彼の姿を見かける折もなくはなかった。

「お疲れさま。どうです、元気でやっていますか？」

「はい、俺は丈夫なことだけが取り柄ですから！」

「いえいえ、それだけじゃなく、いろいろといい成績をあげていると聞いていますよ」

頑張ってくださいねと励まされ、しゃちほこばってお辞儀をする程度の関《かか》わり。

千林はそうしたときに「そうくん」と呼ぶことは一度もなかった。

彼はあんなやりとりをすでに忘れているかもしれない。思い返せば、からかわれている気配も結構あったことだし、研修中にたまたま交わした戯言《ざれごと》の範疇《はんちゅう》か。

「……それが正解なのかもな」

千林とべつの部署で働いて一年半ほどが過ぎたころ、自分でも意外なくらい気落ちしながらそのように結論づけ、あれはもうなかったことにしようと思う。なのに——上司からのヒアリングがあるたびに転属希望を「さいたま工場」と言うことがやめられなかった。

「また工場か。きみは製造より営業が向いているように思うんだが」

入社後二度目の冬、面談室で直属の上司が渋い顔で言う。

「たびたびきみが工場行きを志願するのは、いまの部署に不満でも？」

「いえっ。そんなことはまったくないです。ただ自分は、いまよりもっと仕事の幅を広げたいと願っているので」

過去に何度かおこなった説明をくり返すと、上司は「そうか」と息を吐きつつうなずいた。

「きみのその希望が通った。来春からはさいたま工場生産企画課の一員だ」

「……え？」

そこは千林とおなじ部署。野江はぽかんと口を開けた。

「ほんとですか？」

「ああ。生産企画ならきみが営業で培った経験が活《い》かせるし。そのうちまた営業に戻ってくれば、今度はそこでの知識が活かせる」

つまりいずれは営業に帰すぞと言われつつ、しかし野江は飛びあがるほどうれしかった。

「ありがとうございます！　新しい部署でも、めいっぱい頑張りますから！」

あまりにもいきおいがよすぎたのか、上司が目を丸くして「うんまあそうだな」と引き気味に洩らしてくる。そのあとすぐに面持ちをあらためて、

「異動は再来月だ。それまでにきちんと引き継ぎを済ませるように」

「はい！」

元気よく返したあと、ヒアリングの席を立つと、最敬礼して部屋を出る。

「やった……！」

思わずガッツポーズになった野江のなかには、眼鏡をかけた秀麗な男の姿と、彼と一緒に働ける期待感とがいっぱいに詰まっていた。

◇　◇

そして現在、野江がしつこく願い続けた部署に転じて一カ月目。工場での仕事の流れを呑みこむまではいかないが、この課での業務の輪郭がおおよそには摑《つか》めてきた。

まず営業が取引先から受注してきた案件を野江たちのいる生産企画課に持ちこみ、こちら

がそれを嚙《か》み砕いて技術課に伝達し、図面として起こしてもらう。そこでできた設計図を基に、製造課で実際の品にするのだ。

前の上司が言ったように、営業業務を理解していたほうが動きやすいのは確かであり、フットワークの軽い野江はもうすでに周囲に溶けこみはじめている。

「あっ、課長。片山《かたやま》水産さんの修理機ですが、ここのとこの錆《さび》対策がいまいちですって山口《やまぐち》さんが」

図面を手にした野江が向かっていったのは自分の部署の跡見《あとみ》課長。『山口さん』は製造一課のベテラン組立工である。課長は図面をざっと見て、

「確かにな。こいつは技術課にやり直しを言ってくれ」

了解しましたと課長に返し、廊下に通じるドアへと向かう。

技術課は生産企画課より上の階で、野江が足早に移動したあと担当者にその旨を伝えると、相手は「う〜ん」と腕組みをした。

「いまから図面の見直しかあ。今週は手いっぱいなんだよなあ」

「すみません、そこをなんとか。児島《こじま》さんが新規のことでお忙しいのは充分わかっているんですが。今回の件については、児島さんほど精確にあげてもらえるひとがいなくて」

頼みますと野江が拝む真似《まね》をすると、相手はやれやれとため息をつく。

「俺しかいないんじゃ、しょうがないな。ただし、取りかかりは明日の午後以降だぞ」

「はい！　助かります。ありがとうございます！」

深々と頭を下げて、踵を返そうとしたときだった。児島が野江を「ちょっと待て」と呼びとめる。

「これを持ってけ」

ぽんと投げてくれたのは和菓子が入っているらしい包み紙。

「得意先にもらった土産《みやげ》。俺、黄味餡《きみあん》は嫌いなんだよ」

「わ。自分は好きです」

ありがとうございます、とにっこり笑えば、キャド班の女性課員がシステム画面から顔をあげ、

「野江くん。ここでそれ食べてけば」

部屋にある壁の時計は午後三時。お茶タイムなのだろう、声をかけてきた彼女ばかりか、もうひとりの女性課員が「あっちの流しにもお菓子があるわよ」と席を立つ。

「あっすみません。でも俺、このまんじゅうだけいただきますね」

そう言って、包み紙を手早くひらくと、まるごとそれを口に入れる。

「どう？　美味《おい》しい？」

そう聞かれて、返事しようと思ったとたん、菓子が喉《のど》に詰まってしまった。急いで食べようと思ったのがまずかったのか、まんじゅうの皮と餡とが喉にべったりへばりついて飲みこ

めない。

「……っ、ふ」

野江が目を白黒させると、まわりの女性課員たちがあわてて流しのほうへと走り、バケツリレーの要領でコップを順に運んでくれる。

「野江くん。はいこれ」

最後の運び手に渡されたコップの水をいっき飲みし、菓子を胃の腑《ふ》に流し落とす。それからほっと息をついた。

「すっ、すみません。助かりました」

涙目でそう言うと、部屋中になごやかな笑いが起きる。

「もう。あわてんぼね」

「ほら、もっと水飲みなさい」

おおむねは母親世代の課員たちに取り囲まれて、野江は小言を頂戴しつつ世話を焼かれる。自分が童顔のせいなのか、野江はこの年代の女性にはかまわれやすく、こうした状況もめずらしくない。子供扱いされることは少しばかり複雑な気分になるが、それでも皆からの好意は素直にありがたい。

「野江くん、ちゃんとご飯食べてる？　コンビニ弁当ばかりじゃ駄目よ」

「そうそう。若いからって、手抜きしてるとバテるわよ」

「そうだ、野江くん。柏餅《かしわもち》も食べていく?」

さらに菓子を勧めてくるのを礼を言いつつ辞退して「ありがとうございました」と戸口に向かう。パーティションを回ってみると、そのすぐ後ろに思わぬひとが立っていたから、野江は目を丸くした。

「千林さん……?」

もしかして、いまのひと幕を聞かれていた?

「きみはキャド班の皆さんから可愛《かわい》がられているんですね」

やはりさっきの顛末《てんまつ》を聞かれていたのだ。

「すみません」

しゅんとして詫《わ》びを言うと、彼はなんとも読めないような顔つきで「ああいえ」とつぶやいた。

「あやまらなくてもいいんです。ただ僕は……そうですね、まぶしさを感じました」

これはどういう意味だろうか。相手の気持ちを表情から読み取りたくて、野江があらためて細く形のいい眉や、すっと通った鼻筋や、シャープなラインの顎《あご》まわり、それに下唇が気持ち厚めでそのぶん色っぽい感じのする口元などを見つめていたら、彼が目をしばたたかせた。

「そんなに見られると穴が開きます」

冗談めかした口調だったが、少しばかり困っているのは感じられる。野江が赤面して不《ぶ》躾《しつけ》だった自分の行為をあやまると、千林は今度ははっきりとからかい交じりに聞いてくる。

「それほどに見ていたい顔ですか？」

とっさに野江はこくりとし、それからあわてて首を振った。

「あっ、待って、待ってください。いまのはなしで」

うっかり本音を晒《さら》したが、相手は気持ち悪いだろう。けれども、彼は声をあげて笑ったあと、楽しそうに言ってきた。

「野江くんがみんなに好かれるのもわかります」

千林が笑い声を立てるのを初めて見た。屈託のないその表情も。唖然《あぜん》として口を半分開けていたら、彼が野江に思わぬことを告げてくる。

「僕は今日の午後、得意先に行くんですが、きみも一緒に来ませんか？」

「俺もですか？」

「ええ。駅前にある業者さんで、午後三時から打ち合わせがあるんです。きみの予定は……」

「大丈夫です！」

途中までやっていた今日のぶんのデスクワークをミスなく急いで仕あげれば、外回りについていける。

「それじゃこのあと僕のほうから跡見課長に断っておきますから」

千林はそう告げて、パーティションを回っていく。その姿を見送ってから、野江は廊下に飛び出した。

◇　◇

時間どおりきっちり仕事をあげたお陰で、野江はその日の午後、無事千林と駅前の業者を訪ねることができた。しかも千林はこの一件で終わりではなく、それ以後もちょくちょく野江を商談の席に随伴させている。

「きみは場の取り回しがうまいですから。技術面は僕が担当しますので、相手が気持ちよく納得できる雰囲気作りをお願いします」

つまり野江は営業的な対応を求められているのだろう。だとしたら、自分はなにができるかと考えて、

「はい。頑張ります！　得意先に負担をかけず、だけどこっちも無理しすぎない、そんなやりかたを探すんですね」

「そうです。そのような方向を目指しましょう」

目を細めて野江を眺める彼の表情はやわらかい。こんな顔も初めて見たと、張りきる気持

ちとうれしい気分が交差したとき。ふっと頭に彼のあの声がよぎっていった。

——そうくん。

その瞬間、浮かれた気分がさあっと冷める。

おそらくあの「そうくん」ならば、彼のこんな表情も見飽きるくらいだっただろう。

「野江くん？　どうしました？」

「や、すみません。なんでもないです」

駄目だ、いまは仕事中。急いで気持ちを切り替えるべく普通の様子をつくろった。

「えっと。今日の客先にはサンプルを持ってきますよね？　いまから俺、製造でそれをもらってライトバンに積んでおきます」

「ええ、そうですね。お願いします」

「じゃあまたあとで」

千林と別れて、製造課の倉庫のほうに向かいながら、野江はおのれのしつこさにうんざりした気分でいる。

いつまであのことを引きずっているつもりなのか。いまの自分は千林から仕事仲間として受け容《い》れられ、多少は役に立てているのだ。むしろ新人研修で「そうくん」の話をしていたときよりも、ずっと彼の近くにいると言えるだろう。

なのに……なぜなのか、「そうくん」と呼ぶあの声がいつまでも消えないでいる。

あの甘くやさしい響きは決して自分のものではないのに。

「……馬鹿だよなあ」

いい加減に切り替えろと、両手で自分の頬を叩く。そうしてひとしきり「仕事仕事」と唱えていたら、通路で行き合った組立一課の班長に胡乱《うろん》な目で見られてしまった。

「あ……その」

さいわいその班長はなにもなかったふうにしてすれ違ってくれたけれど、ぶつぶつと洩らしながらの独り芝居が恥ずかしい。野江は地面に視線を落として、そそくさと足を速めた。

「すみません。サンプル用の洗浄機の引き取りに来たんですが」

ほどなく組立工場の脇にある倉庫に入り、そこにいた工員に問いかければ、相手はいかにも邪魔くさそうに目を眇《すが》めた。

「ゆんべのかあ？」

「はい、そうです」

「んなら、そこ」

親指で無造作に示された場所に行き、蓋《ふた》を開けたダンボールをのぞきこむと、確かに洗浄機が入っている。野江は中身を確かめたあと、背後の男に問いかけた。

「これって吐水量が段違いなんですよね？」

「…………ん」

「バルブの設計を見直したから、おなじ出力でもパワーがあるって」

「……まあな」

「だけど、実際につくるのは大変だったんじゃないかなあ」

「……ちょいと工夫が要《い》ったけどな」

「じゃあ、このサンプルを作ったのって」

呑みこんで野江が言うと、男が自分を指差した。

「そうですか。すごいですねえ。ここなんか、接合がむずかしいのに」

感心しきって洩らしたら「そりゃな」と男が胸を張る。

「おまえ、よくわかってんな。名はなんて言うんだよ？」

「生産企画の野江です」

「そっか、俺あ棚橋《たなはし》だ」

名乗ってのちに、彼は洗浄機を乗せていく台車を貸してくれると言った。

「その台車は予備のだから、ついでのときに返してくれりゃいいかんな」

「ありがとうございます。用事が済んだらすぐに返しに来ますから」

「おう。頼むわな」

そう言い残して、男は仕事に戻っていき、野江は台車にダンボール箱を乗せ、駐車場まで
それを運んだ。そこで社用車の荷台に箱を移し替え、次いで台車を畳んでいたら、千林がや

ってきた。彼はまずダンボールを見、それから野江の手元に目をやる。

「その台車はどうしました?」

「倉庫のところで棚橋さんが貸してくれて」

「棚橋さんが?」

野江がおおまかにさきほどのやりとりを打ち明けると、千林は感嘆交じりの息をついた。

「なるほどね。ですが、彼は結構気むずかしいひとなんですよ。それなのに初対面から名乗り合って、備品まで貸してもらった。きみの人柄は得がたいですねえ」

「え、そうですか?」

野江はえへへと頭を掻いて、

「だけどそうなら、あなたのお陰だと思いますよ」

「僕の?」

「はい。新人研修のとき、俺に言ってくれたでしょう? きみはムードメーカーだって。場の雰囲気が下がるよりもあがったって。だからなるべく気持ちのいい応対を心がけているんです」

自分の手柄ではないのだと伝えてから、野江は台車を荷台に乗せると、バックドアを閉めて振り向く。

「それじゃ行きます?」

「ええ。運転は……」

「俺がしますよ。二十分ほどですけど、千林さんは車のなかで休んでください」

言って、運転席に乗りこむと、反対側から彼が席に座ってくる。

「どうして休めと？」

「だって、このバルブの変更がうまくいくよう、昨日は夜遅くまで現場に立ち会っていたでしょう？」

千林は有能で、そのぶん周囲からまかせられる部分が多い。だからつねにいくつもの案件をかかえているが、彼とて超人というわけではなく、疲れることもあるだろう。

「まっ、車の運転くらいしかいまは助けになりませんけど」

言いつつ野江はギヤをドライブモードに換えると、社用車を発進させた。

まもなく車は駐車場から門を出て、一般道の流れに入る。最初の信号で停車したとき、横からぽつりと声が聞こえた。

「……充分ですよ」

◇　◇

生産企画課の千林と、野江。この組み合わせは仕事の成果があがりやすく、なにより千林が外出時には野江をことさら指名してくる。だからだろうか、周囲もふたりが一緒に行動することを普通の状態と受けとめているようで、千林の姿が見えないときは野江に居所を聞いてくるのもめずらしくなくなってきた。

「野江くん、きみの相方はどこにいるんだ？」

「あ。千林さんなら、いまは組立二課のほうに」

跡見課長にたずねられ、野江はとっさに答えたが、そのあとなんだか胸のあたりがむずむずしてくる。

きみの相方。課長にそう言われるくらい、自分は千林のサポートができているのか？　そうだといいなと思うけれど、実際はまだまだだろう。

さいたま工場に転属して四カ月目。いまだに野江は千林の背中を見ながら必死になってそのあとを追いかけている程度のものだ。

「わかった。そっちに行ってみる」

課長が部屋を出たあとで、ふたたび自分の席に着いてパソコン画面を見てみれば、確認メールが届いていた。

内容は、生産企画課と技術課が合同でする納涼会の通知である。野江はその文面をじっくり見たあと、幹事役の水岡に「ちょっといいか？」と話しかけた。

「今晩の納涼会のことだけど、千林さんは参加するのか？」

「いまのいままで不参加とは聞いてないよ。よっぽどのことがなけりゃ、会には顔を出すんじゃないか」

「そうか……」

それでこの件は終わったが、野江の心の奥底には違和感がわだかまる。

ここ数日、千林はどことなく落ち着かない風情だった。それに、目の下に隈がうっすらと浮かんでいる。眼鏡で一見気づかれないかもしれないが、野江はちゃんと察していて心配でならなかった。

――千林さん、お疲れですか？　ここ最近眠れてます？

――まあ少しはね。夏の疲れが出てきたせいかもしれませんね。

顔色が悪いことは彼も承知していたのだろう、とりあえず寝不足は認めてくるが、そのうえは踏みこめない雰囲気を醸し出しつつ話題を変える。

――それより、営業課から仕様変更の依頼書は来ましたか？

――あ、それなら昼前にＦＡＸで。コピーは技術課の担当者に渡しました。

本紙はこれですと、野江が自分のデスクから取ってきた書類を渡す。そのあとは仕事の話に終始して、結局千林の疲れぶりはうやむやになってしまった。

ああいうところがあるからやっぱり……と野江はそこまで考えて、喉に小骨が刺さっているような痛みを感じる。

千林は打ち解けているようで、野江を自分の内側に入れていない。笑顔でソフトに拒絶する。いや、拒絶するほどの強い意思も示さないまま、目に見えない膜を張ってそこから先へは来させない。

根っから苦手な人間はいないと思い、好意を持った相手にはそれなりに好かれてきた野江であるが、本当に打ち解けてほしいと感じる彼には手も足も出ないのだ。

外回りの用件では頻繁に声をかけてくれるけれど、それはただ単に適材適所の配置なだけ、結局信頼するほどの相手ではないのだろうか。

もやもやと晴れない想いをかかえたまま、野江はその日の仕事を終え、駐車場に停《と》まっているマイクロバスへと向かっていった。

「野江、早く。おまえで最後だ」

このバスは送迎用で、今夜宴会がおこなわれる駅前の居酒屋からのものである。幹事役の水岡にうながされ、急いで野江はステップに足をかけた。

「お待たせしてすみません！」

そう言ってから、いちばん前の席に座る。ほどなくバスは発車して、野江は車外を見るともなく視野に入れた。その脳裏に浮かぶのはさっきの会話と千林。

――あの、千林さん。そろそろ出ないと。

いつ出発するのかと、彼のデスクをちらちら窺《うかが》っていたのだが、いっこうに腰をあげない。

ついには課内にふたりとなって、痺《しび》れを切らした野江がそう聞いたのだ。

――僕はここを片づけてから。きみは先に行ってください。

口調はきつくなかったが、目の前でぴしゃりと扉を閉められた気持ちがした。反射で顎を後ろに引いたら、彼が表情をやわらかくし――部屋のチェックと、鍵《かぎ》もかけなきゃいけませんしね――と言ってきたが、野江にはそれがいまの空気を取りつくろうための言葉にしか聞こえなかった。

なにか怒らせたのだろうかと彼から離れてバスに乗るまで必死になって心当たりを探ったが、まったく原因が見つからない。

もしかして、さっきのあれが出しゃばりだと思われたのか？　それとも自分が気づかぬうちに、なにごとかやらかしたのか？

野江は胸に不安とあせりとをくすぶらせつつ、やがてバスは居酒屋の駐車場で停車する。

そこからは皆で連れ立って店に入り、案内された座敷にそれぞれが腰を下ろした。

「それでは、お集まりの皆さん。今日は二時間飲み放題の無礼講。楽しく過ごして、また明日からの英気をやしなってください」

「乾杯」

千林は幹事にはすでに連絡していたらしく、会のはじまりは彼を待たずにおこなわれた。

「あのひと、得意先からの電話を待っているんだって。それを済ませたら来るって言ってた」

水岡からそう聞いて、そのこともまた野江の気を沈ませる。自分がたずねたとき、そんな台詞は言わなかった。いくらでもごまかせたのに、鼻先で扉を閉めた。

宴会料理に箸《はし》をつける気にはならず、野江は座卓に頬杖《ほおづえ》をつき、コップのなかをぼんやり眺める。

「ちょっとはいい感じかと思ってたのに……」

外回りに出かけるとき、野江はいつも運転をさせてもらう。荷物の積み下ろしも率先して引き受けている。自分が同行しているあいだは、少しでも千林の負担を減らしたいからだ。

その日も野江の運転で製品運びと商談を終わらせての帰り道、助手席の千林が進行方向の少し先を指差した。

——野江くん。あの店に寄ってください。

——あそこにあるコンビニですね？

言われるままに野江が店の駐車場に車を停めると、ちょっと待っててくださいと千林は車外に出ていく。まもなくアイスコーヒーを手に持って席に戻り、野江にそれを差し出した。

——野江くんはミルクもシロップもありでしたよね。

——あ、ありがとうございます。

プラスチックのカップに入ったコーヒーを受け取ってから、小銭を出そうと野江がポケットを探っていると、彼がいいですと断った。

――これくらいは出させてください。いつもきみには力仕事をさせていますし。

――いや、そんなのはいつだって。

――いいから飲んで。

めずらしく押してこられて、結局奢《おご》ってもらった野江は、内心すごくうれしかった。

千林が自分の頑張りを認めてくれ、ねぎらってくれたのだ。安い男かもしれないが、このコーヒー一杯で、荷物持ちを百回してもいいくらいだ。

あのときに浮いた気分は、しかしいまは欠片《かけら》もない。野江がほぼ上の空で、宴会時間を過ごしていたとき。

「よお、千林」

その声に野江はピクッと反応した。コップを置いてそちらを見やれば、彼は遅れた詫びを言いつつサマースーツの上着を脱ぐところだった。ハンガーにそれをかけ、まわりの声かけに応《こた》えながら座敷の端に腰を下ろす。

(……来たんだ)

思わず腰をあげ、膝《ひざ》立ちでその様子を見つめていたら、次にはどうしても傍《そば》に行きたくなってしまう。野江はふらっと腰をあげ、途中でテーブルのビール瓶を手に取ると、千林の前まで行った。

「お疲れさまです」

内心ひどく緊張はしていたけれど、笑顔もつくれたし、普通の声も出せたと思う。彼のほうも「お疲れさま」とコップを取ってくれたから、心底野江はほっとした。

「ここにはバスで?」

工場前の道路から駅前までは路線バスが通っている。ビールを注《つ》ぎつつたずねてみたら、彼は「そうです」とうなずいた。

「バスは混んでいましたか?」

「いえ、さほどには。ラッシュは外れていましたからね」

「あ、そうか……いまはもう八時前に」

腕時計に目をやれば、そうと望んだわけではないのに千林があやまってくる。

「遅くなってすみません」

「あっいやそんな」

文句をつけたつもりじゃなかった。野江は話題を変えようとして、しかしじょうずな台詞が口から出てこない。困って視線をうろつかせれば、彼はつと斜め向こうを指差した。

「あそこできみを呼んでいるみたいです」

振り向くと、真っ赤な顔の水岡が手招いている。

「そ、それじゃ」

ちょっと失礼と席を立ち、千林から離れたときには（失敗したな）と猛烈な自己嫌悪に見舞われている。

自分はもう少しまともな会話ができるやつだったはずなのに。

こんなふうに駄目駄目なのは気負いすぎているからだ。会社を出る前の気まずい空気をなんとか払拭《ふっしょく》したいと思い、その意識がかえって自分をぎこちなくさせている。

「野江〜、どうしよ。俺スマホなくしたみたいだ」

落ちこみつつ呼ばれたところに行ってみると、水岡が泣きついてくる。

「ちょ、おまえ。抱きつくなって」

お互い身長は百七十センチに届いたあたり。抱きつかれると顔がもろに近くなり、鬱陶《うっとう》しいことこのうえない。

「だいたいおまえ幹事なのに飲みすぎだろ」

「らって、ふられちゃったんらも〜」

「彼女にか？」

確か水岡は大学時代にできた彼女がいたはずだ。彼女は神奈川、こちらは埼玉と県が違って、それでも休日は毎回会っていたと聞いたが。

しかし、ろれつの回らない水岡が言うのによれば、さっき電話で別れ話をされたそうだ。

「彼女の会社のやつに盗《と》られら。会いたいときに会えなくて寂しい気持ちをそいつがわかってくれたんだってぇ」

「それは、えと……災難だったな」

あまり気の利いた返答ではなかったが、ひとまずはそう言った。すると、水岡はひとしきり愚痴をこぼしたあとで、くやしそうに言ってくる。

「いーよなあ。おまえならこんなふうにふられたことなんかないらろう？　愛嬌あって、顔も結構イケてるし、うちでも女子からモテモテらもんな」

「まあ……お菓子はときどきくれるけど」

母親世代の女性課員を思い出して野江が言うと、水岡が抱きついたままヘッドバットをかましてくる。

「こら、痛いって」

右肩に頭突きを食らって、野江はやめろと顔をしかめる。

「モテモテのヤリまくりなんらろぉ。それくらいの痛さがなんら」

水岡はそんなふうに言ってくるが、モテモテどころか、野江にはじつは性的な経験がまったくない。

学生時代、気楽に接する女友達ならたくさんいたが、恋愛対象の女はなぜか苦手なのだ。申しこまれていちおう了解はするものの、いざ恋人としてつきあおうと意識するととたんに駄目で、自分のなかのどこかがストップをかけてしまう。

(なんか違う。これじゃない。このひとじゃない)

ふっと湧《わ》きあがるその気持ちは思いのほか根強くて、だったらなにが「これ」なのか判然としないうちに、すべてが恋愛未満のまま自然消滅してしまった。

「おまえの彼女はうちの工場のやつなんかあ。そんで、おまえは俺みたいにふられらりしらいんらよなぁ」

このヤローと絡まれて、ほとほと水岡を持てあます。

「おまえの彼女、どの部署ら？　俺の知ってるおんらの子かあ？」

「ちょ、水岡。いい加減に……」

酔っ払いに手を焼いて、しなだれかかる相手を押し返しかけたとき。

「水岡くん、とりあえず座りましょうか？」

思わぬ声が近くから聞こえてきて、水岡の肩に手が乗ってくる。そのあと結構ないきおいで引き剝《は》がされて、やつは「痛いよお」と泣きごとを洩らしつつぺったりその場に座りこんだ。

「彼はいったいどうしたんです？」

水岡に向けている千林のまなざしが冷たい気がする。たぶんこのひとは絡み酒が嫌いなのだ。以後は自分も気をつけようと決意しながら「なんかスマホをなくしたのと、ちょっと彼女が……」と最後のあたりはぼかして言った。

「そうですか。スマートフォンがなくなったのはこの場所で？」

「たぶんそうじゃないのかと」

「じゃあ、端末を鳴らしてみましょう。彼の番号を知っていますか？」

野江はうなずき、ポケットから自分のスマホを取り出した。

「どうかな。鳴るかな……あ、あそこだ」

野江が水岡の番号を呼び出すと、座敷の隅でちいさな音がしはじめる。行ってみると、座布団の下から端末が見つかって、野江はそれを取って戻った。

「千林さん、ありました」

「ご苦労さま。これは僕から返しておきます。あと、このあとの介抱も。幹事役も引き受けますから、きみは好きに過ごしてください」

つまり、野江はこの場から不要である。そう読み取れたのは気のせいではないだろう。

「……はい」

また、はじかれた。今夜の千林は透明な膜どころではない、見える障壁を野江とのあいだに立てている。ごくさりげなく、ほかのひとには一見わからなくしているが、野江にははっきりとそのことが感じ取れた。

（いったいなにがあったんだ……？）

今夜の千林はいつもと違う。ソフトな態度と距離感にほころびが生じている。それはこのところ、彼が疲れを滲ませていることと関《かか》わりがあるのだろうか……。

「それでは皆様、宴もたけなわではございますが、そろそろお時間が参りました」

座敷の隅でもの思いにふける野江を、その声が引き戻す。急いで顔をあげてみれば、跡見課長が宴会終了の挨拶《あいさつ》をはじめていた。

「今夜は充分英気をやしなってもらったことと思います。それでは本日はこれにておひらきにいたしますが、帰り道は気をつけて事故のないようにお願いします。本日はどうもありがとうございました」

「ありがとうございました！」

その場の全員が唱和して、これで納涼会は終了となる。出口に向かう皆に続いて野江が居酒屋を出ていけば、駐車場では千林が誘導係をつとめていた。

「工場前まで戻るひとは、このバスに乗ってください」

さきほど彼から聞いたとおり、幹事の水岡がする役を千林が代行している。酔っ払いの水岡は工場まで帰るのか、窓に額をくっつけて座っているのが見て取れた。

「野江くんはどうします？」

バスの近くまで寄ってみると、彼がそう聞いてくる。

「あとひとりくらいなら乗れそうですが」

行きは時間がずれていても、帰りのそれは一斉になる。席のあまりがひとつと聞いて「それならあなたが」と譲ったが、千林は野江のあとから来たほかの課員を乗りこませた。

「野江くん、お疲れさま」

まもなくバスが発車すると、千林がそう告げた。

「あ、お疲れさまです」

それで会話は切れてしまい、このうえなにかを言いかけられる雰囲気はまったくない。

千林が去っていったら、自分も帰ろう。そう決めて、そこに佇《たたず》んだままでいれば、ふいに彼のポケットで端末の着信音がしはじめた。用件は電話でのそれだったのか、千林は取り出したスマートフォンの画面をタップし、耳に当てておもむろにしゃべりはじめる。

「はい、そうです……はい……いまは、じゃあ……」

いつまでも近くにいて聞くべきではないのだろうが、千林の口調が重いのが気になった。会社での応対では、どんな難題が降りかかっても淡々としたところしか見せないのに。

「……そうですか。ではまた変わったことがあったら……はい。ありがとうございます」

そこで千林は通話を終えた。端末を耳から下ろし、しかし暗い表情のまま動かない。

千林の沈んだ面持ちが気になりすぎて、つい野江が「あの、なにか？」とたずねたら、彼は冷ややかな視線を向けた。

「きみには関係ないことです」

刹那に野江は固まった。

相手のプライバシーに嘴《くちばし》を挟まずに、ここはさっさと立ち去るべきだったのだ。

動きもならず野江が突っ立ったままでいれば、ほどなく千林が肩をめぐらせ、夜の街路を歩きはじめる。そのまま消えてしまうのかと思っていたら、十歩ほど行ったところで振り向いてこちらを見るから、野江は反射で駆け寄った。

「あっはい。なんですか？」

なにか用があるかと思って近づいた野江の姿を、しかし彼は苦笑で迎えた。

「まるできみはわんこですね」

はたかれても主人が呼べばのこのこ寄っていく犬のようだ。

つまり、千林が言ったのはこういう意味か？

さすがに野江が絶句して棒立ちになってしまうと、彼はちっとも悪びれずに「すみません」と口ばかりで言ってきた。

「少し……歩きましょうか？」

◇　◇

野江をそう誘いはしたが、千林の正直な想いとしては、ついてきてほしくはなかった。今夜はむやみに波立つ気分が抑えられない。まずいな……と思いはするが、なぜだかこちらを心配そうに窺っている野江の様子を目にすると、いつもの冷静な自分ではいられなくなってしまうのだ。

もういい加減感じ悪くしているのに、どうして彼はめげないのか。いつもなら気取らせないよう努めている隔ての壁を今夜は明確に表しているというのに、野江にはかえってそれが気がかりの種らしい。

まるでご主人さまを必死に窺う忠犬みたいなものじゃないか。皮肉っぽいこの気持ちは、たぶんやつあたりに近いもので、休み明けには会社で顔を合わせる相手に、これ以上は自分の感情を剝《む》き出しにしないほうが賢明だろう。

そんなことはわかっていて、なのに今晩は荒れた気分が消せないでいる。これも自分の後ろからのこのこついてくる野江のせいだ。こうしてしつこくまとわりつくなら、もうちょっと意地悪をしてやろうかと苛立《いらだ》つままに思いつく。

(なにがいいのか……ああそうだ)

きみが妙に憧れている千林は、やさしくも、立派な大人でもないのだと、彼にわからせてやればいい。

これはもちろん馬鹿なことで、物事を醒めた目で見る自分の思考はやめておけと忠告している。ただ今晩は、だからこそ愚かなことをと、そんな荒れた気持ちのほうが勝っていた。

千林は駅前の繁華な場所から次第に灯火の少ない場所を選んで移っていく。とくに当てはなかったが、野江もどこに行く気なのか聞かなかった。しばらくは黙々と足を進め、タクシー乗り場やバスの停留所から離れたあたりで立ちどまり、まずは軽いジャブを放つ。

「きみには彼女がいるんですか？」

振り向いて千林がそう聞くと、野江はいきなり教師から当てられた劣等生の顔をした。

「え？　あ、いえ」

「でもさっき、水岡くんがそう言っていましたが」

「いや、いないです。あれはあいつの早とちりで」

「そうですか？」

野江がうなずくのを確かめてから、千林はつと足の向きを変え、角を曲がって路地裏に入っていった。薄暗い細道を追ってくる彼の足音を聞きながらさらに行って歩みをとめる。そうして見返りざまに彼に向かって投げた台詞は、狙《ねら》ったとおりにとげとげしい響きがあった。

「それはもったいないですね。きみみたいにひと好きのする見た目と性格を持っているなら、水岡くんの言うようにヤリまくりもできそうですが？」

似つかわしくない言いかただと感じたのか、野江が大きな目を瞠《みは》る。それを眺めて、ほらねと嗤《わら》う想いなのは、自分に貼《は》られたレッテルをその驚きで再確認したためだ。

「……いや。だからそのことは、やつのたんなる勘違いで」

「本当に?」

「そ、そうです」

「こんなにも可愛い顔のきみなのに?」

言いながら、なめらかな頬に触れ、ぐっと顔を近づけると、果たして野江の両頬が赤く染まった。

「う、あ……っ、えとえっと……」

「歳のわりにずいぶん純情な様子ですね。もしかして、まだ童貞とか?」

「どっ、ちょ、あの……!?」

「なるほどね。図星でしたか」

千林はひとを食った口調で言い、それから反論があるならどうぞと誘ってみる。

「びっくりしているだけですか。どうして怒らないんです?」

「だっ、だって。その、いつもと調子が違うけど……」

「けど?」

「最近は疲れているみたいでしたし、だから、えっと、心配で。そもそも俺が出しゃばったのも悪かったし」

こんなふうに言われても、まだ忠犬をつらぬくのかと、さらに皮肉っぽい気分が募り、千林は唇の片端を引きあげた。

「僕が心配？」

問われてこくこくと野江はうなずく。千林は呆れたふうに両肩をすくめてみせた。

「僕がいつもより辛辣《しんらつ》なのはきみも気づいているでしょうに」

「だ、だから、それが心配で……」

「自分が嫌な目に遭うことよりも、僕の様子が気がかりで？」

野江は「はい」とは言わなかったが、眉《まゆ》をくもらせたその表情が千林に答えている。おそらく彼は本心から自分のことを気遣っているのだろう。

（やれやれ）

ご苦労さまとも、物好きなとも思いはするが、このときふっと野江をいじめたい気持ちが逸《そ》れて、べつの感情が生まれ出た。

この年下の同僚は、単純だが善良で、たぶん口は固いほうだ。しかも自分の意地悪に怯《ひる》まない。おまけに以前、「そうくん」と呼んでいい約束もした。

だったら……と千林はいい気晴らしを思いついた。

ひさしぶりに「そうくん」ごっこをしてみよう。前の相手は完全に失敗だったし、今度もたぶんたいした手ごたえはないだろうが、多少なりとも気が紛れればそれでいい。

千林は目を伏せて、いかにも後悔しているふうに「すみません」と野江に言った。

「今夜の僕はきみに対して失礼でしたね」

「あっいえそんな。俺は気にしてませんから」

思ったとおりの反応が予期したままの言葉とともにやってくる。あまりに他愛なさすぎて、ことさらにうまくいったと感じないまま、彼に次の言葉をあたえる。

「このところ……身内の容体がおもわしくないんです。この夜にも電話が入って、だからついきみにやつあたりをしてしまった」

「そ、それは……」

聞いて、野江が困惑した顔で言いよどむ。他家の病気の話と知って、彼はきっとどこまで踏みこんでいいのかを思案しているのだろう。自分よりもよほどやさしいこの青年は、しばし悩んでいたあとでおずおずと口火を切った。

「身内って、あの……？」

「祖母なんです」

これは嘘《うそ》ではなかったし、荒れた気分もそこから来ている。

「この市内に入院していて、さっきの電話は介護人から。ですが、もう持ち直してくれたので大丈夫なんですよ」

「そう……ですか」

心からほっとしているかのように、野江は大きな息をついた。

「さきほど容体が安定したから心配ないと。だから僕もこのところの気疲れがどっと出て、必要以上にきつい態度になりました」

　彼への申しわけなさを声の調子に含ませる。野江は「そんなのはかまいません」と真顔で返した。

「だったらひとまず安心で……。それは本当によかったですけど、じゃあ最近の寝不足はそのせいで？」

「まあ、そうですね」

　こちらもべつにいつわりではない。祖母の容体が落ち着いたのは事実であるし、彼女の具合が心配で、最近眠れずにいたのも本当。

　しかし、祖母が危急の事態を脱したと聞かされて、安堵《あんど》したのと同時にいまの気分を静めるなにかが欲しくなり、野江を相手にごっこ遊びをたくらんだのを明かす気はない。

「本当は宴会に出る気分ではなかったですが、独りの部屋にいるのもちょっとと。こんなときに不安を分け合う相手もいないし、きみには迷惑をかけました」

　殊勝な様子であやまれば、彼は大あわてで手を振った。

「迷惑なんてとんでもない。むしろもっと頼ってもらってもいいですよ」

「本当に？」

「はい、もちろん」

「じゃあ、僕とつきあってくれませんか？」

「いいですよ。どこへですか?」

見当違いに了承してくる野江に思わず失笑が洩れ、それに微笑《ほほえ》みをかぶせてごまかす。

「いえ。僕の言うのは、プライベートでもっと親しくなりませんか、なんですが」

「プライベートで?」

「ええ。休日会って、遊びに行ったり、互いの部屋で過ごしたり」

「あの……それは、べつにいいんですが」

ここまでは予想どおりの返事が来たが、語尾が少し気になった。

「ですが、とはなんでしょう?」

「千林さん、不安を分け合う相手ならいますよね」

これは想定の範囲外。意外に思って、いつもは人懐っこい表情の青年を見返せば、彼は憂わしげな顔をしてぽそりと洩らした。

「その。前に言ってた『そうくん』とか」

一瞬沈黙し、千林はすみやかに心理的体勢を立て直した。

「あれはきみを『そうくん』と呼んだんですよ」

けれども野江は違うと言いたげに首を振った。

(おやおや。勘のいいことだ)

彼は単純だが、そう安直ではないらしい。でもそれもゲームとしては面白い。

「確かに『そうくん』はべつにいます。ですが、僕はもう二度と彼には会えそうもないんです」

野江は「えっ」と発したきり声を失う。千林は目線を落として言葉を続けた。

「僕が知っている『そうくん』は少年で、何年後かに探したときには、もうすでに見つけようがなくなっていたんです。一生懸命僕を励ましてくれていた存在を失って……」

この台詞には嘘は含まれていなかったが、かなりの部分を端折《はしょ》っている。追及されたら適当にかわすすべもあるけれど、正直者の青年は同情してくれたようである。

「その、すみません。ただでさえお祖母さんの不安があるのに、そんな話を持ち出して」

「いいんですよ。ずいぶんと昔のことで……いまはもうなんでもないです。立ち直りましたから」

昔の出来事を蒸し返されて、少々へこみはしたものの、野江には平気と思わせたい——そんな心情を汲み取らせるべく告げてみたら、案の定、彼は後悔を顔面に滲ませた。

「あの、俺、気の利かないことを言って……」

「いいえ、大丈夫です」

そう言って、千林は感じよく微笑する。

「でもね、あの子のことはともかくも、きみと親しくなりたいのは本当なんです」

こちらに負い目をおぼえる相手にそのように水を向けたら、即座に彼はうなずいた。

「わかりました。友達として俺にできることがあるなら、なんでもさせてもらいますから」

「友達として?」

思いのほか狙いが逸れて、千林がまばたきしたら、野江が恐縮したふうに頭の後ろに手をやった。

「えと、すみません。あつかましいこと言いましたよね。俺とあなたが友達なんて」

「いいえ、ちっとも。友達と思ってもらえるとうれしいですよ」

友達、ね。なるほど、この青年はたやすく見えて簡単ではない。

まあそれも先々の愉《たの》しみであり、自分に尻尾《しっぽ》を振りまくる普段の野江の様子から推察すれば、さほど攻略は難しいとは思えなかった。

「ではさっそく、ひとつ頼んでもいいですか?」

「あっはい。なんでも」

「もしも嫌じゃなかったら、きみを『そうくん』と呼ばせてもらえないですか」

他人とわかっての「そうくん」呼び。おそらく渋るかと思ったが、彼はつかの間の逡巡《しゅんじゅん》ののち、そのことを承知した。

「それは……うん、いいですよ」

あっさりした言いざまに、かえってこちらが気になった。

「本当にいいんですか?」

「はい、だって」

そうして彼は思わぬ矢を射かけてくる。

「あなたにとって、それは必要なことなんでしょう？　俺は奏太だし、さほど違和感はないですから」

ようするに、野江はあくまでもこちらのことを慮《おもんぱか》って、譲歩してくれたのだ。相手に気があるからとか、好意親切の類《たぐい》ではなく、おそらくは同情で。

そう思わせたのは自分なのに、なんとなく不愉快に感じるのは無意味なプライドのなせるわざか。らしくもないことだと、千林は内心で苦笑する。

荒れた気分をぶつけてみたり、二年あまり前の春から、もはやする気がなくなっていた「そうくん」ごっこを持ちかけたり、この青年は少しばかり自分を揺れさせるところがある。

とはいえ、胸中のほとんどが醒めきった、つまり通常運転は変わらないまま、千林は表向きやさしい笑顔を彼に向けた。

「ありがとう。それでは、そうくん、僕もきみの友達として、してほしい望みがあればなんでも叶《かな》えてあげますね」

◇　　◇

驚くことに、野江は千林と友達になってしまった。

あの晩はいろいろと緊張もし、動揺もしていて、あまりこまかくおぼえていないが、確かに自分のほうから——友達として——と彼に言い出したような気がする。千林もそれを受け容れ、ふたりは友達になりはしたが、じつのところ対等感はまったくない。千林は祖母のことで悩みの種をかかえていて、やつあたりをしたフォローのつもりなのかもしれない。

そうとわきまえていて、けれども野江はそれでもいいと思っている。

自分は長男で、実家には甘えん坊の妹がいるためか、そもそも少々のやつあたりは気にならない。むしろ会社で見せているあのひととはべつの面を見られたことにわくわくするような気分をおぼえる。

そんなふうに思う自分は馬鹿なのだろうか。

だけど、まだ足りない、もっと欲しいと、性懲りもなく自分のなかで声がするのだ。

あのひとのもっと違う姿が見たい。平らな水面下にひそんでいる彼を知りたい。透明な膜の向こうの千林に触れてみたいと願っている。

「野江くん、ちょっと」

そんなことを考えていた折も折、千林に呼びかけられて、野江は飛びあがるいきおいで立ちあがった。

「あっはい！」

「僕はエム分子計器さんとの打ち合わせに行ってきます。帰りは直帰の予定なので、きみにはこれを」

そう言って渡してきたのは二つに折ったメモ用紙。なにげなくひらいてみれば、メールアドレスと電話番号が書いてある。

まっ、まさかこいつは、このひとの……?

「ではよろしく」

予期せぬことに野江がどぎまぎしていたら、千林は澄ました顔で部屋の外に出ていった。残った野江は、その場でひとり百面相をしたあげく、とどのつまりはなすすべもなく椅子の上にへたりこむ。

(もー、心臓に悪すぎる)

まさかあのひとがこんな大胆な所業に及ぶとは思わなかった。しかも——これはうがちすぎかもしれないが——野江があせるのを面白がって、わざとここでメモを渡した?

「まさか、ね……」

心のなかだけでつぶやいたと思ったのに、どうやら口に出ていたらしく、隣の席から水岡が「まさかって、なにがまさか?」と聞いてくる。ぎょっとして、なんでもないと返したものの、野江の神経はすでにすり切れかけている。

ほんとうにもう勘弁して、千林さん……これってやつあたりより質《たち》悪い。

そんなふうに恨めしく思った男は、夜になって野江をメールで呼び出した。野江が千林のアドレスを登録し、こちらからも連絡先を知らせがてら【登録しました。ありがとうございます】と送ったら、一緒にお茶でも飲まないかと誘ってきたのだ。

どこでもいいとのことだったので、しばし思案して、ファミレスはどうかと聞いたら、了承の返事が来た。くわえて、そこならば二十分かそこらで到着できるとあって、野江は急いで出かけるための支度をする。

「な、なに着てこ……って、時間がないし、もういいや、このままで」

待たせるよりはと、野江はTシャツと、ジーンズ、足元はスニーカーの格好で部屋を出ていく。

野江が提案した店は、会社からはそこそこ遠く、自分のアパートからは徒歩でも行ける距離にある。着いてみれば、千林はまだのようで、野江は先にフリードリンクの注文をして、とりあえずアイスティーを淹《い》れて飲む。このころには心臓が活発な動きをしていて、野江は胸を押さえながら腕時計に視線を落とした。

会社が終わって友達と会うくらい、本社にいたときは何度もあった。なにも特別なことじゃない。変に意識しまくるほうがおかしいのだ。

「普通のこと。なんでもない、なんでもないから」

それを何度となく自分自身に言い聞かせた甲斐あって、やがて千林が店にやってきたときには、なにげない顔をつくろって迎えられた。

「あ、お疲れさま。エム分子計器さん、新規の発注オーケイでした？」

「ええ。お陰さまで、量産タイプを計画どおりに」

「そうでしたか。営業の連中が喜びますよ」

ここまでは順調に会話ができた。千林もいつもとおなじソフトな雰囲気を纏っている。

ほっとして、野江はつくったものではない自然な笑みを頬に浮かべた。

「俺、ドリンクのお代わりをしてきます。ついでになにか持ってきますよ」

「ああ、いえ。僕も一緒に行きますから」

千林がそう言うので、野江は彼と連れ立ってドリンクバーのところへと足を運んだ。

食器や、コーヒーサーバーや、ボタンを押せばジュースが出てくる機器などが並んでいるカウンターの前に立ち、野江は二杯目のアイスティーを、彼はホットコーヒーをカップに淹れる。ドリンクバーの正面にある鏡にはワイシャツにネクタイの千林、そしてTシャツ姿の自分の上半身が映っていて、野江はつい動きを止めてその光景に見入ってしまった。

「どうしました？」

「えっと。なんだかずいぶん違うなって」

「違うとは？」

「まるで社会人と学生みたいで。俺は子供っぽいんだなって、つくづくと」

「そんなことはないですよ。きみにはきみのよさがあります。たとえばどんなところかを知りたいですか?」

「あ、はい」

ついうっかりうなずけば、千林はしれっとした顔をして赤面ものの台詞を並べ立ててくる。

「そうですね。きみが笑うとまぶしく輝く眸だとか、健康的な赤みを感じる唇だとか、なめらかに引き締まった頰だとか。そのほかにも快活な表情や、ひとをほがらかな気持ちにさせる明るい響きの声や、すらりと長い手足が……」

「わーっ、も、もういいです……っ」

またただ、今度は新しいやりくちでからかわれた。

このひとのいろんなところが見たいとは思ったが、歯の浮く台詞で自分を褒める展開は予想外だ。逃げるように席に戻り、身を縮ませて待っていると、千林が向かいに座った。

「あれは本心なんですが、褒められるのは苦手ですか?」

「と言いますか……あなたからだと格別に照れるので」

「僕は格別?」

「……ですね」

こんなふうに聞いてくるのはずるいと思う。そのうえに蜂蜜《はちみつ》みたいにとろりとした口調とまなざし。

なんだかもういたたまれずに、野江は違う話題を出した。

「あの千林さん、ここへはどうやってきたんです？」

「ああ……駅からバスと、歩きですよ」

強引すぎる転換に、彼は幾分戸惑った様子で応じる。

「僕の車は会社ですし、この店からなら帰りは歩いてもすぐですし」

「って、ことは……この近所とか？」

これは意外な事実だった。もしかしてと、ふたりの住所を突き合わせれば、互いの場所から歩いて数分の距離と知れる。

「あの白い大きなマンション？　あれだったら、俺は何度もその前を通ってますよ」

「僕もきみのアパート前をちょくちょく通ってたことになります」

「うわぁ、偶然。といったって、会社がおなじなんだから、当たり前かもしれないですけど」

「そう、奇遇でもなんでもないとは思いますが、僕にとっては幸運でした」

幸運とはなんだろうと、野江が首を傾げてみせたら、相手はその仕草で察したらしく、

「住所がわかって近ければ、きみの家まで訪ねていって、一緒に遊ぼうと誘えますしね」

このひとが遊びましょうと、自分の部屋のチャイムを鳴らす？

想像したら可笑《おか》しくなって、笑い交じりの息を洩らせば、「どうしました」と彼が問う。

「僕はなにかおかしなことを言いました？」

「や、いいえ。だけど、なんだか小学生みたいだなって」

野江が言うと、千林はなるほどとうなずいた。

「たぶん僕は子供時代をやり直しているんでしょう。初めてできた友達と遊べる休日が待ち遠しい。いまはそんな気分ですから」

「え、初めてできたって……俺が、ほんとに？」

「ええ。いままで親しい友達は必要がなかったですから。でも、きみとはそういう関係になりたいと思いましたよ」

だから土曜日に会えますかと期待をこめて聞かれたら、もはや野江はうなずくしかなくなった。

「ありがとう。では、当日はよろしくね」

千林に手を出され、野江は反射で手のひらを重ねていく。握手した千林の指は長く、節高で、思ったよりも力強くて大きかった。

「なんか、これ……おかしくない、ですか？」

心拍数がいっきにあがり、上擦る声で野江はこぼした。

「おかしいとはどういう？」

「男同士でこんな握手はないかも、って」

「欧米ではそうですよ」

野江の戸惑いを彼はあっさり流してしまう。握手を終えて悠然としたままに「ところで」と言葉を継いだ。

「こうして友達になったからには丁寧語はいりませんよね。会社ではともかくも、プライベートで会ったときには友達にするようにしゃべってください」

言われて野江は困ってしまった。このひと相手にタメ口が利けるものか？　そりゃ無理だろうと思ったあとに、ふっと反論がひらめいた。

「だけど、千林さんだって丁寧語じゃないですか」

こんな反撃は予想外だったのか、余裕ありげな彼の微笑が引っこんで、つかの間視線が宙に浮く。

「あ、そう、ですね」

「だったら」

「いえ、ちょっと待ってください。いま変えます……じゃない、変えるから」

このひとが言葉に詰まる。ものすごくめずらしいものを見た気で、野江が啞然としていたら、彼はひとつ咳払《せきばら》いして言ってくる。

「こんなふうにしゃべるのって、小学生以来です……と、だから、慣れてなくて」

ここでつい噴き出すと、彼は気まずさと不満とが入り交じった顔をした。

「笑わなくても。これ、結構むずかしいんです、だけど」

「だ、だって。千林さんが、そんなたどたどしいしゃべりかたをするとこ、初めて聞きました、じゃなくて……聞いたよ？」

「なんで疑問形なんで……だ？」

「せ、千林さんだって」

「僕のは純粋に質問で、っと、だから」

この段でついに我慢ができなくなって、ふたりとも声をあげて笑ってしまった。

「だっ、駄目だもー、俺たちぐだぐだだ」

ひとしきり笑い合ったためなのか、ごく自然に気負いが取れて、普段遣いの言葉が出てきた。野江はいまだ腹に残る笑いの波動を抑えつつ、

「……っ、ふっ、千林さん、そろそろ出よっか？」

「そうしよう」

ファミレスのテーブル席に座っている千林は結構目立つ。先刻から隣席の女性客がちらちらと彼のほうを窺っていたことからもそれは知れた。そのうえ、いかにも楽しそうに笑い声まで立てていれば、いやがうえにもまわりの人々の注目を浴びてしまう。

レジでは千林が払うと言うのを、友達同士は割り勘と押しきって店を出る。

外はもうとっぷりと日が暮れて、街灯が足元に長い影を作っていた。

「……あのね、千林さん。俺、いますっごく不思議な気分がしてるんだ」

街路に佇んでつぶやくと、千林が言葉の意味を視線でたずねる。野江は彼の靴先から伸びている黒い人影を見ながら言った。

「俺とあなたとは友達っても、しょせん対等な立場にはなれないだろうし、それでもいいと思ってた。だけど俺、さっきみたいにあなたと笑い合ってると、もしかしたらそんなふうになれるんじゃないかなって」

さきほど店で感じた想いを素直な気持ちで話したら、ややあってから彼がうなずく。

「そうだね、きっと。なれると思うよ」

いつにはなく心のこもった、ごく素朴な言いかただった。

「僕もさっき不思議な感じがしていたんだ。あんなふうに手放しで笑ったのはおぼえがなくて。もしかすると初めてできた友達で、僕はすっかり浮かれているのかもしれないね」

「せ、千林さん、浮かれてるの？」

よもやと思ってたずねたら「そうらしいね」と彼は認めた。その言葉に勇気をもらって、野江は本音を晒してみせる。

「あの……。俺もたぶん舞いあがってて、変なことを言ったりしたりしてると思う。だけど、千林さんと友達になれたのがうれしいのはほんとだから」

野江が言うと、彼はその言葉を噛み締めるようにしばらく黙っていたあとで、形のいい唇をほころばせた。

「ありがとう」

「あ、ううん。俺はなにも。……えっと、それで土曜日はどこに行く?」

黙っているとよけいに心臓が躍るから、野江は努めて軽い調子の声を出した。千林は言いにくそうに「それがね」と切り出してくる。

「誘っておいてなんだけれど、じつはそう遠くへは行けないんだ。その理由も近いうちにきみには話す」

「ん。だったら、駅前とかはどう? あそこならいろんな店が揃《そろ》ってるし。ぶらぶら歩くだけでもいいよ」

「すまないね。助かるよ」

言って、彼はほっとしたふうな顔をする。それから野江をとても可愛いと感じているかのように甘くやさしい微笑みを向けてくるから、胸の奥が苦しいほどにざわめいた。

「あ……土曜日は、晴れるといいね」

「ああそうだね。晴れるといいね」

「昼はさ、なにを食べようか?」

「きみの好きなものでいいよ」

「千林さん、好き嫌いは?」

「あまりないかな」

「じゃあね、えっと……その日までに考えとく」

「うん、まかせるよ。僕は本当になんでもいいから」

そんな会話をとりとめなく交わしながら、なんだかふわふわした気分のまま、別れ道まで彼と歩いた。

◇　◇

千林と遊びに行く当日。彼は時間きっかりに野江の部屋のチャイムを鳴らした。

「おはようございます！」

野江はそのとき玄関のすぐ内側に立っていて、鳴ると同時にドアをいきおいよく開けたから、千林にそれがぶつかりそうになった。

「あ、ごめんなさい」

「いや、大丈夫」

そこで野江はぱかっと顎を下に落とした。

うわ、カッコいい……。

千林はお洒落《しゃれ》なカットソーに、淡い色のスラックスを身に着け、手首にはバングルタイプの腕時計をしていた。会社で見る作業服の上着や、スーツ姿とはまた違って、彼の私服は足元のデッキシューズも併せて、すごくセンスよく決まっている。

「どうしたの？」

しばし呆然《ぼうぜん》としていたら、怪訝《けげん》な面持ちで彼が聞く。

「なにか僕がまずいことでも？」

「あっ、ああいえっ。すごく素敵だなって思って」

はずみで、つい正直な感想が口からこぼれた。千林は一瞬驚いた顔をしてから、両眉をひょいとあげる。

「きみもすごく格好いいよ」

野江の服装は量販店のTシャツに、ブラックジーンズ。履いた靴はくるぶしまであるスポーツシューズで、これでも野江の手持ちのなかではもっともいいのを選んだのだ。

「あ、ども」

とはいえ千林が褒めるような格好ではないだろう。なのにそう言ってもらえたのは、きっと彼の親切だ。褒められたことよりもその気持ちがうれしくて、野江は照れながら「じゃあ、行こっか」と外に出る。

「うわ。すご……」

アパート前に停めていた車を見るなり、野江の口から感嘆の声が洩れる。

この車は、千林が普段会社に乗ってきているのとは違うものだ。通勤用のレンジローバーも硬派な感じで格好いいが、これはメタリックブルーも鮮やかなスポーツカー。たぶんオープンスタイルにもなるのだろうルーフは黒で、内装もシックな黒を基調としている。ボディのフロントに四つの輪っかがあるのを見るまでもなく、これは高級外車だった。

「こんなの俺、見たことない」

「遊びに使う車だからね。ここに来てからは動かしてなかったんだ」

すっかり驚いていたためか、千林が女性にするように助手席のドアを開け、しかしこのときは文句を言うことも思いつかずにツードアの車内に乗りこむ。そうしてほどなく運転席から千林が腕を伸ばし、野江のほうのシートベルトを引っ張った。

「あ、俺が」

「大丈夫。僕が着けるから、じっとしていて」

千林はこちらに身を傾けて、野江のちょうど肩のあたりに頭を寄せる。

そうされると整髪料なのかトワレなのか、彼が纏う大人っぽい香りが鼻孔《びこう》に入りこみ、かつ近すぎる姿勢もくわえて、動きもままならず固まった。

「今日はとりあえずショッピングセンターの駐車場に車を置くけど、どこか行きたいところはある?」

助手席のシートベルトを着けたあと、なめらかに車を発進させながらの質問に、まだ半分はぼうっとしたまま返事する。

「えと、どうしようか……携帯の充電器が欲しいかなとは思ってるけど」

「じゃあそれで。それから、昼食にはちょっと早いし、コーヒーかなんかを飲もうか？」

「あ、うん」

野江のアパートから駅前までは車でさほどもかからない。そのあとはとりとめのない雑談をしているうちにショッピングセンターの駐車場で車が停まる。

「こっちだよ。前に俺、来たことあるから場所を知ってる」

車のなかで話したとおりにまずは家電屋で充電器を買い、それからどこかカフェを探そうと店を出て通路を歩く。

「確かこの先にあったはずで……」

このあたりは専門店街で、雑貨屋やブティック、ケーキ屋や眼鏡店など、さまざまな店舗が両側に並んでいる。ふたりが歩く少し先には和菓子屋があり、野江は行きずりにそのショーケースに視線を向けて、思ったままにつぶやいた。

「和菓子って綺麗だね。ほら、いろんな色のあそこのやつとか」

「ああ、あれは氷室《ひむろ》だね」

透明感のある、まるでカラフルな氷のような菓子を見ながら彼が言う。

「氷室？」

「そう。平安時代には氷室という天然の冷蔵庫があってね。そこから出した氷を旧暦の六月一日には朝廷に献上するしきたりがあるんだよ。だから茶席では、夏の菓子としてよく出される」

「千林さん、くわしいねえ」

感心しきって野江は洩らした。

「茶席って、もしかして千林さん茶道とか習ってた？」

「習うというか……」

めずらしく千林は言葉を濁す。言いたくないのに詮索《せんさく》したいわけではないので、野江がそれとはべつの話題を振ろうとしたら、彼が隣で「気を遣わせたね」と苦笑した。

「隠すほどのことじゃないから、きみには話すよ。僕の実家は静岡にある製茶問屋で……ああ、ここがカフェだね」

ちょうど店の入り口に差しかかり、千林を先にしてふたりでそのなかに入っていく。そうして店員に案内されて席に着き、どちらもアイスコーヒーを頼んだあとで、彼がおもむろに口をひらいた。

「さっき言いかけたことだけれど、僕の実家は製茶問屋で、生産農家の畑で採《と》れた茶葉を加工し、小売り店に卸すのはずいぶんと昔からやっていた。ただ、それだけでは時代に追いつけないからと、祖父の代からは飲料会社もはじめたんだ。中心は緑茶のペットボトルだけれど、ジュース類も扱ってるかな」

「緑茶が中心って……えっと、たとえばこんなのとか？」

ＣＭなどでよく聞く名前をためしに出せば、彼は「それならうちのだ」と認めてくる。だとしたら……と野江は驚きに目を瞠る。千林は静岡では、いや日本でも有数の飲料メーカーのお坊っちゃん？

「べつにそうとも言えないかな。僕は次男で跡取りじゃなかったし、実家とは元々縁が薄かったしね」

言葉にしてはいないのに、ぴったりの返事が来て、またも野江は驚かされる。頭の回転が並とは違う千林に考えを読まれたらしい。

「あ、そう……なんだ」

千林の境遇に複雑そうなものを感じ、どこまで踏みこんでいいものかわからない。中途半端にうなずくと、彼の気配がふわりとゆるんだ。

「きみはやっぱりいい子だね」

「へ……？」

「僕がややこしい話題や雰囲気を持ち出したとき、さりげなくかわすのは、きみがそれに気づかなかったわけでも、リスクを避けようとするからでもない。相手のデリケートな部分に、あえて首を突っこむのをためらうからだ。きみはとても思いやりが深いから、相手のことを考えてどうしようか迷うんだろう」

「それは……えと、千林さんの買いかぶりかも」

千林のような男に持ちあげられて、光栄ではあるのだが、同時にものすごく気恥ずかしい。

「そんなふうに言われると、なんか……あせるし」

彼といると、自分はいつだって振り回されて、赤くなったり、よろこんだり、落ちこんだり。普段の自分はどちらかというと精神が安定していて、誰かのすることや言ったことで気分がぐらぐらすることはないのだが。

「あなたこそ……」

「え?」

「俺が思っていたよりも、ずっとやさしいひとだった」

自分ばっかりどぎまぎするのがくやしくて、野江はほんのちょっぴりでもと反撃をこころみる。

「あなたはすごく頭がよくて、いろんなものが見えすぎるくらいだから、俺みたいな人間に苛立つこともあると思う。けど、いつだって俺の話は聞いてくれるし、きちんと返事はしてくれるから。まあ……ときどきは、からかわれてあせるけど……でも、あれだってあなたが俺に気を許してくれてる証拠かもしれないって……」

それからと、野江は目線を宙に浮かせて台詞を足した。

「あと、やつあたりをされたことも、多少は俺に慣れたからかもしれないなって、そんな自《うぬ》惚《ぼ》れた気持ちなんかもちょっとだけ芽生えたりとか……もっといろんな面が見たかったから、あれはあれでよかったなと思わなくもなかったり……それで、ええと、なにを話してたんだっけ……？」

最初の目論見《もくろみ》に反して、途中からなにを言いたいのかわからなくなり、最終的には支離滅裂になってしまった。野江が自分にがっかりして（あぁ）と脱力していると、なぜか目の前の男が居ずまいをあらためる。

「それを聞くと耳が痛いよ。僕は特にきみに対して駄目なところが多かったから」

「そんなこと……」

「本当だよ。なぜなのか、きみといると僕は妙に心が揺れて、自分自身が思いもかけないことをする。そのせいでずいぶんと失敗も多いけれど……それでもいまの台詞を聞いて、気をつけようと思ったよ」

真摯な調子でつぶやいてから、彼はふっと表情を変え、やさしい響きを野江に聞かせる。

「この詫びとして……そうだね、きみは僕には思いきり我儘《わがまま》になっていいよ」

「我儘に？」

「ああ。前にも言ったろう、してほしい望みがあるならなんでも叶えてあげるって。もしも欲しいものがあるのなら、好きなだけきみにあげるよ」

「え、でも」

「いいんだよ。きみは僕の大事な友達なんだから」

甘いささやきにつぃくらくらとなりながら、野江は（だけど）とかろうじて踏みとどまった。

「それは、あの、ありがたいけど……」

「けど？」

千林が野江を大事な友達と考えて、我儘を許そうとしてくれる。それはありがたいことだけれど、言われるままに彼の親切につけこみたくないと思う。野江の知っている友達はもっと気楽な間柄だし、なにより千林の負担にはなりたくなかった。

「気持ちだけで充分なんで。あと、我儘になっていいのは俺だけじゃなく、あなたもだからね」

「僕も？」

「うん。友達だったらお互いさまだし」

野江が告げると、千林はしばらく黙していたあとでゆっくりと首を振る。

「そうだね、きみの言うとおりだ」

きちんと理解した顔で彼は微笑む。

「じゃあ、いままでどおりにからかいたいときはからかうし、やつあたりをしたいときはそうするよ」

「あっ、それは……っ」

いまさら前言撤回とも言いかねて、野江は視線をうろつかせた。

「なに？」

「……その、お手やわらかに願います」

「心得た」

野江がぺこりと頭を下げれば、真面目くさって千林も首肯する。そこでふたりはおなじタイミングで噴き出した。

「あ、はは……っ」

どこかのツボに入ったのか、野江は腹筋が痛くなるほどの笑いの発作に襲われる。

「……は……も、くるし……っ」

しばらくは笑いが止まらず、どうにかそれを引っこめて涙目をこすっていたら、千林もまだ頬をゆるませたまま輝く眸をこちらに向けた。明るい光彩が煌《きら》めかせるまなざしがすごく綺麗で、野江は思わずその輝きに見惚れてしまう。

「……野江くん？」

どのくらいぼうっとしていたのだろう、訝《いぶか》しげな彼の声にわれに返り、野江はあせって腰を浮かせた。

「あ、あのっ、これからどこ行くっ?」

「そんなにあわてなくったって、まだ時間はたくさんあるよ」

「あ、うん。だったら、えっと、どうしようか」

「そうだね。これを飲み終えたら、ひとまず外に出て歩いてみようか?」

そのあとのレジではきちんと割り勘し、通路を歩いてしばらくすると、千林が目についた書店に入ってもいいかとたずねる。

「買いたい本は決まっているから、すぐに済ませるつもりだけれど」

「いいよ、ゆっくりで。俺もあっちでなにかないか探しとく」

それで千林は専門書のコーナーへ、野江は一般書の棚のほうへと別れて歩く。ベストセラーや、新刊の置き台をぐるっとめぐり、雑誌売り場でサイクルマガジンを手に取ろうと思ったとき。

「あれ、野江じゃん?」

声のするほうを見てみれば、私服姿の水岡が立っている。

「なにしてんの……って、本を買いに来たんだよな?」

おなじ工場に勤めている水岡は、つまり同一の生活圏内にあるわけで、だからこうやって出くわしても不思議はない。

しかし、いままでは一度も出会わなかったのに、よりによって千林といるときに。

「ちょうどいいや。ちょっとそこらでハンバーガーでも食ってかないか？」

「いや、俺は……」

千林と一緒と言っても問題はないのだが、なぜかそのとおりに打ち明けるのはためらわれる。やむなく野江は現状をぼかして言った。

「まだここに用事があるから」

「なんだよ、まだ本を決めてないのか。しゃあない、買うまでは待ってやるよ」

水岡は暇らしく、簡単に引き下がらない。野江は立ち往生したあげく、もごもごと不明《ふめい》瞭《りょう》な声を落とした。

「つ、連れがいるから。……じゃあまたな」

言うなり離れようとして、なのに水岡は野江のTシャツの端を摑んだ。

「そんなにあせっているってことは、さては彼女を連れてるな」

「いや違うって」

「むきになるとこがさらにあやしい。どんな娘《こ》なんだ。紹介しろよ」

「そうじゃない。いいから離せ」

ようやくTシャツから手を離させたと思ったら、水岡は野江の首を腕で巻きこみ、ヘッドロックをかけてくる。

「いいじゃゃん、挨拶するだけだ」

「よせって、苦しい……」

野江が身をよじったとき、脇から冷ややかな響きがした。

「水岡くん」

この声は……。

野江がそうっとそちらを見ると、声とおなじくクールな表情の千林が立っていた。

「店先でふざけるのはあまり感心しませんね」

水岡が千林を、次いで自分の腕を見る。

それから静かにそれを外して「すみません」と頭を垂れた。

「あ……あの。千林さんも本を買いに?」

お辞儀から姿勢を戻すと、おそるおそるといった態《てい》で水岡が問いを投げる。その様子が完全にびびっているのも無理はなく、千林はあくまでおだやかに見せかけているものの、纏うオーラが氷のようだ。

「ええ。もう用は済みましたけど」

「あっ、そうなんですか。じゃあ俺もこのへんで」

及び腰で言ったあと、水岡が「ほら、行こう」と野江の腕に手をかける。と、そのとたんに千林が待ったをかけた。

「彼を連れていかれては困ります。そのひとは僕と一緒に遊んでいる最中なので」

「遊びって……この野江と?」

「そうですが、おかしいですか?」

「や、おかしくは……でもなんで?」

水岡はすっかり困惑した態で、無意味に頭を振り立てる。そこへ千林がゆっくりと近づいて、野江の二の腕を摑み取ると、自分のほうに引き寄せた。

「そうくんは、僕の友達になったので」

理解の及ばない外国語を聞かされた顔つきで、水岡が呆然と立ちすくむ。千林はそれ以上の説明をする気がないのか「行きましょう」と野江をうながして歩きはじめた。

連れられるままショッピングセンターの通路を進み、本屋も水岡もすっかり見えなくなったころ、ようやく野江の喉から言葉がこぼれ落ちる。

「び、びっくりした……」

思わずのつぶやきを千林が拾ってたずねる。

「そう? きみはなにに驚いた?」

「えと、偶然水岡に会ったことと、あなたが……」

「僕が?」

「その、ちょっと怒ってたみたいだし」

「まあそれはね」

千林は様になる仕草で肩をすくめてみせた。

「僕と一緒にいるときに、水岡くんとじゃれ合ったりしてるから」

焼き餅を焼いたんだよ、と彼が言う。

「う、嘘……」

「嘘じゃないよ。僕といるのに、そうくんがよそ見するのは面白くないからね」

「ご、ごめんなさい……？」

これもまた新手のからかいなのだろうか？

しかし、横目に見る千林は言葉とは反対にやさしい顔で微笑んでいた。

「どうしてあやまるの？　これは僕の我儘なんだよ」

千林が指を伸ばして、野江の頬に触れてくる。

「赤くなってる」

そのわけを教えてほしいと彼が言う。

「じょうずに言えなくてもいいからね。なんでも話していいんだよ」

近づいてきた綺麗な顔が甘やかな口調で誘う。野江はめちゃくちゃに混乱してきて、ついふらふらと誘いに乗った。

「俺は……その」

「うん？」

「あなたと知り合ってから、気持ちがぐらついてしかたがないんだ。なにかのときにはものすごく落ちこむし、ほかのときにはこれ以上ないってくらいテンションあがるし、そうかと思えばわけもなく恥ずかしがったり、しょんぼりしたり」

「それは……」

言いさして、彼がふっと横を見る。

「こっちに行こうか」

千林は通行人を避けるためか、野江の背中を軽く押し、通路の壁際に身を寄せた。

「いまのは本当？」

「う、うん」

念押しされれば恥ずかしさが急上昇だが、そもそも自分が言ったことだ。いまさらごまかすわけにもいかず、すっかり追い詰められた動物気分でうなずいた。

「それはいつから？」

「いつって……わりと最初のほうから」

「最初とは？」

答えかけて、ハッと野江はわれに返った。

こうして千林に問われるままに自分でもはっきりしない感情を掘り返し――しかもそれをその当人に洗いざらいぶちまけていいものなのか？

いくら彼からなんでも話していいんだと言われたって、これはちょっと寄りかかりすぎだろう。

「どうしたの?」

千林は野江の返事を待っている。

どうしよう。なにを言おう。切羽詰まって、ほぼやけくそで野江は声を張りあげる。

「あっそうだ、わかった!」

大声すぎたのか、彼が少し顔を引いた。その隙に一歩下がり、野江はめいっぱい明るい調子を響かせる。

「これが千林さんの言っていた友達なんだね!」

「え……」

呆然とする彼の姿は見慣れないが、いまは気にしていられない。野江は笑顔で言葉の弾を撃ちまくった。

「だって千林さん、こんなふうに言ったじゃない——なぜなのか、きみといると僕は妙に心が揺れて、自分自身が思いもかけないことをする——って。あなたがそうなら俺もおなじでおかしくないし。大事な友達で、大切に思ってるから、相手のすることや言うことに感情がぐらぐらするんだ。俺も社会人になってからの友達は初めてだしね。貴重な存在と思ってるなら、そんなことがあったって変じゃない」

これは完全に思いつきの台詞だったが、しゃべっているうちになるほどそうかと納得してきた。

大事な存在ができたときには、きっとこういう感情が湧くんだろう。このひともそのあたりはおなじだし、なにも不思議なことはない。

われながらほっとした気分になって、野江は肩の力を抜いた。

「よかったぁ、言ってみて。これで俺もすっきりした」

ありがとう、と千林に礼を述べたら、彼はなんとも奇妙な顔でこちらを眺める。

「いまの台詞、きみは本気で……ああそうなんだね」

表情で気持ちを読んだか、千林が合点する。こうした場合は説明不要の頭のよさがありがたい。野江は「じゃあさ」と申し出た。

「俺たちは友達で、ここには遊びに来たんだし、子供に戻って一緒にゲームとかやってみない？　確かここの西っ側には、結構大きなゲーセンがあったと思う」

◇　◇

千林はゲームセンターに入るのは初めてで、なのにどのゲームもそつなくこなした。シューティングゲームや落ちものゲームは、最初はともかくコツを掴んだら野江よりもじょうずだったし、景品を得るゲームではコイン投入やクレーンを器用に操る。しかも女性スタッフが、ゲーム機の扉を開けるやササッとぬいぐるみの位置を変えて「はいどうぞ」と笑顔でサービスしてくれたから、やっぱりイケメンは違うなとべつの意味でも野江は感心してしまった。

「ほら、これ」

千林がゲットした仔犬《こいぬ》のそれを野江のほうに渡してくる。

「きみにあげるよ」

言われて、とっさに受け取ったのはひょうきんな顔をした茶色いわんこ。

「あ、でも。これはあなたが獲《と》ったんだし」

「いらない?」

千林は唇の端をあげて野江を見る。

「きみのために獲ったんだ。もらってくれればうれしいよ」

「………ども」

こういうときにどんなリアクションをすればいいのか。わからないまま赤い顔でぼそっと応じる。

こんちくしょうめ、このひとは思わせぶりな甘い台詞を言うのなんて慣れているんだ。

「どうしたの?」

ひとが複雑な気恥ずかしさを味わっているというのに、追い打ちで聞いてくるこの余裕っぷり。少しばかりくやしくなって、野江は拗《す》ねた目で相手を見あげる。

「俺の友達が格好よすぎてツライ」

言ったら、千林は眉をあげた。

「ゲーセンは初めてだって聞いたから、俺がいろいろ教えてあげようと思ったのに。オンラインのランキングはあっさり俺の上行くし。こいつも簡単に獲っちゃうし」

文句をつけながら（あー、俺はいま甘えてるなぁ）と自覚する。千林がやさしいまなざしを自分に向けて、親切にしてくれるから、安心して甘えている。

「むしろ俺が景品をたくさん獲って、あなたにあげたかったんだけど」

「え。それは……悪かった？」

戸惑い、困って立ち往生する彼の姿もまためずらしい。

今日はいったいいくつの新しいこのひとを見ただろう。そう気づいたら、くやしさなどは簡単に消えていく。

ふは、と野江は息を吐き「嘘だよ」と笑ってみせた。

「千林さん、ゲームほんとにじょうずだね。それに楽しめてるみたいだから、俺もうれしい。あと、このぬいぐるみありがとね。ちゃんと部屋に飾っとくから」

もふっとした手ざわりのわんこの頭を撫でてやると、千林が身体の力を解くのがわかった。

「よろこんでくれたみたいで、よかったよ」

千林もぬいぐるみの背に指を伸ばして、もふもふを撫でながら洩らしてくる。

「気を悪くさせたかと相当あせった。きみは油断がならないね」

ほっとしている彼の様子を見ていると、ふと野江は悪戯《いたずら》っぽい気分になって、わんこの頭を持ちあげた。

「そんなことを、いま知ったかワン」

「いや、前からそう思ってた」

「どんなふうにか、ワン」

「そうだね……こうなるかなと思っていることは外さないのに、最後できみは引っくり返す」

わんこの背に手を置いて、千林は野江を見つめる。

「それが新鮮で、心地よくて、僕はきみに……たまらなく惹きつけられる」

明るい色の彼の眸にゆらっとなにかが立ちのぼる。夏の日の陽炎《かげろう》にも似たその熱は、野江の身体に纏わりついて、しばし呼吸をするのさえ忘れさせる。

息をとめてお互いに見つめ合い——ややあって、野江の喉がヒクッと動いた。

「や……あ、はは……千林さん、ムード出しすぎ」

痺れる舌からどうにか声を押し出して、野江はぬいぐるみを持ちあげると、彼の視線をそれでさえぎる。

「いまはデートの時間じゃないワン。俺たち友達。モテるイケメンはこれだから困っちゃうワン」

千林の目の前でわんこがしゃべったふうにすると、彼がうっすらと苦みのある笑いを浮かべた。

「そうだね。うっかり勘違いした」

「もー、TPOは大事だワン」

そんなふうにふざけながら「勘違い」と言われてへこむ自分はどうかしているのだ。けれども、いまはおのれの気持ちを追求したいとは思わなかった。

「今度はあっちのゲームをやろう。エアホッケー。手加減はいらないよ。俺はいままで負けなしだからね」

野江は施設の一角を指差すと、先になって歩きはじめた。

◇　◇

そののちも千林とはあちこちに遊びに行った。いずれも市内の博物館や、美術館、科学館。あの駅前のゲームセンターにも何度か行って、エアホッケーの戦績は現在互角となっている。

「たまには都内のレストランで食事でもと思うんだけどね」

「そんなのいいよ。俺はゲーセンが楽しいし、駅前のパスタハウスは好きだしね」

彼は野江に遠出ができなくてすまないと言うけれど、こちらとしては不満も不服も感じていない。

「きみは欲がないんだねえ。本当にこんなので満足できてる?」

不思議そうに確認されて「うん」とうなずき、それは本当だったけれど、同時に野江は(くらべられてる?)と気づいてしまった。

たぶん、千林が頭に浮かべた何者かと比較されているのだろう。彼は友達は初めてだと言っていたから、もしかしたらそれは彼女かもしれないけれど。

「友達なのに、あなたは俺に気を遣いすぎ。あと、しょっちゅうなにかを買ってくれようとするのだっていらないからね」

友達づきあいをはじめてまもなく、千林は野江にプレゼント攻勢をかけようとしたのだが、それは丁重にお断りした。

友達というものは、普通は服や、靴や、時計の類は贈らないものなのだと口がすっぱくなるくらい言いまくって、このごろはようやくあきらめてくれたようだ。

季節は秋に差しかかり、今日も野江たちは車で駅前に遊びに来た。ドラッグストアで日用品の買い物をして、すでに馴染《なじ》みになりつつあるゲームセンターのなかに入る。

「今日も俺は負けないからね」

「それは僕に圧勝してからの台詞だね」

エアホッケー以外なら自分が格上であることを匂《にお》わせてくるあたり、彼もなかなかに子供っぽい——というよりも、野江に合わせてくれているのだ。本来ならショッピングセンターのゲーセンよりも、都内の高級レストランや、クラブなどで遊ぶほうが似合っている男だから。

「じゃあ、あのゲームをやってみようよ。負けたほうがコーヒー奢りで」

野江がゲーム機のひとつを指差す。千林は「いいよ」とうなずき、そのときだった。

「少し待ってくれないか」

なごやかな表情が、いっきに張り詰めたそれへと変わる。千林はポケットからスマホを出すと、画面をタップして耳に当てた。

「はい、僕です……ええ……はい……それで病状は……」

そのあと千林は場を離れるのを仕草で伝え、施設の外に出ていった。

野江はしばらくゲーム機の前で待ったが、いつまで経っても戻ってこない。突発的な出来事が起こったのはあきらかで、先に帰ってしまったかと野江も通路のほうに出る。

「……千林さん」

彼はゲームセンターを出てまもなくの壁際に立っていた。スマホを握り、その顔はうつむきがち。沈んだ彼の表情を認めたとたん、野江の胸にずしりと重い感覚が落ちてきた。

「なにかあった……?」

おぼえず声をひそめてたずねる。心配でたまらなくて、しかし彼は「いいえ」と言った。

「べつになにもありませんよ。お待たせして申しわけなかったですね」

平静な声、うっすらと笑んだ顔。瞬間、野江の腹のなかから、やるせなさと、憤りとがこみあげた。

「千林さん。口調が元に戻ってる」

「あ……。そう、だったかな」

「俺になにも言いたくないならそれでいいんだ。黙って帰ってもかまわない。だから無理してつくった顔を見せないで。そんな顔を見るほうが、俺はずっとつらいから」

「そうくん……」

それきり口を閉ざしてしまい、千林は困ったような、途方に暮れているような顔つきになっている。野江は心臓が締めつけられる痛覚を味わいながら、ゆっくり声を押し出した。

「さっき、電話に出たときに病状って言ったよね。それって誰かの具合が悪いってことだろう?」

千林はこれまではっきりと野江に言ったことはないが、休日でも遠出をしない、あるいはできない理由とは入院中の祖母ではないかと見当をつけていた。

「もしかして、さっきの電話はお祖母《ばあ》さんから？」

半分以上確信を持って言ったが、しかし彼は「違う」と返す。

「祖母のことを知っているきみには隠さないけれど、いまの電話は病院からだ。でも祖母じゃなく、彼女の介護をするひとから。今日は少し祖母の容体に変化があって……しかし、すぐに持ち直したと」

だから大丈夫と、ちっとも大丈夫には思えないのに彼は言う。

もうなにも映っていないスマホの画面を千林は眺めていて、その姿を目にする野江をいても立ってもいられない気持ちにさせた。

「お見舞いには行かないの？」

「行かないよ」

「だけど市内なら、その病院はすぐだろう？」

「そうだね。だけど、行かないよ」

「行ってよ、行ったほうがいい。俺なんかがよけいなことをと思うけど、いまからそっちに向かってよ」

「うん、ありがとう。でも行かないよ」

これは本当にいらざる口出しなのかもしれない。

しかし野江にはわかるのだ。たったいまこの瞬間も、千林は自分の祖母の病状が気になっている。電話で聞かされた容体の変化と、そのあとで持ち直したという身内の様子を確かめたくてしかたがなくて……なのにどうしてあくまで行かないと突っぱねるのか。

「おせっかいをしてると思うし、これで嫌われてもしょうがないけど、千林さん、これだけ言わせて」

すがる目で彼を見つめ、野江は必死に訴えかける。

「あなたが本当に行きたくないなら俺はもうなにも言わない。だけど、ほんの少しでもそうじゃない部分があるなら、迷う気持ちがあったとしたら、自分の想いに耳を傾けてほしいんだ」

彼がどちらを選んでもかまわない。差し出がましいことをして、彼に嫌われてしまっても――本当はものすごくつらいけれど、我慢する。

ただ自分はいまこのときにこう言わずにはいられなかった。

自分の気持ちを圧《お》し潰《つぶ》してなんでもないように笑ってみせる千林を前にして、なにもせずに見過ごすことはできなかった。

野江が言い終えると、千林は食い入るようなまなざしをこちらに向けた。それからややあって、「わかった」と首を振る。そのあと踵を返すかと思いきや、野江の手首を摑んでぐいと引っ張った。

「僕は行く。だからきみも一緒に来てくれ」

千林が自分の車を向かわせたのは、大きな総合病院だった。建物脇には立体駐車場が設けてあり、千林は空きがあるのに途中の階を通過して、屋上の片隅に車を停める。

フットブレーキをかけ、音楽を切り、しかしエンジンは止めないで運転席に座っている。

野江もまた口を閉ざして助手席から動かなかった。

そののちどのくらいそうしていたのか。長い沈黙の末、千林がごく低い声を落とした。

「僕は昔、身体が丈夫じゃなかったんだ。大人になるまで生きられないかもしれないと言われていて、十四歳になるまでのほとんどを病院で過ごしていた」

思いがけない内容に、野江は愕然と隣を見やる。彼は正面に視線を据えたまま話を続けた。

「十四歳になったとき、アメリカの病院で手術をして、そのあとすっかり健康になったんだ。アスリートになろうなんて思わなければ、なんの問題もないくらいにはね」

「ほんとにもう、どこもなんとも？」

「大人になってさらに体力がついたからね。風邪《かぜ》もめったにひかないよ」

「そっか……よかったぁ」

千林が元気になって、健康な大人でいてくれてほんとによかった。しみじみ野江がつぶやくと、彼は変わらず前を見たままふっと笑った。

「きみは本当にそう思っているんだね」

「うん、もちろん」

「でもね、そう思わないひとたちもいた」

野江は「え?」と目を瞠り、なんの感情も浮かべていない男を見つめた。

「きみみたいな感性の持ち主には嫌な話だろうけど、育たないかもしれない子供に両親は興味がなかった。跡継ぎには兄がいたし、病気の弟は『可哀相《かわいそう》だがしかたがない』存在だった。兄も病院に入ったきりで、ろくに話をしたことのない弟なんて身内の情が生まれようもなかったみたいだ」

「それは……でも、そんな」

ひどすぎる話だと野江は思う。家族なのに『しかたがない』なんて、そんな話があるものか。だったら千林はずっと独りで……と考えてから(ああそうだ)と思い直した。

「だけどあなたのお祖母さんは? 親身になってくれたんでしょう?」

ほっとすることに、彼は「そうだね」と返してきた。

「祖母だけが僕を本気で気遣ってくれていた。あのころはまだ祖父が生きていて、外出しにくかったのだろう――もっとたくさん来られなくてごめんなさい――と言いながら、僕が読みそうな本を持ってきてくれた」

野江は黙ってうなずいた。

初めて聞かされた彼の不遇な子供時代。いまはもう元気になったと言うけれど、たぶんそのころは寂しさと不安とでいっぱいになっていたのではないだろうか。

子供のころの千林の気持ちを思うと、心が痛んでしかたがなかった。

「僕と祖母とは、千林のはみ出し者でね、それでよけいに仲がよかったのかもしれない。僕が元気になってからは海外に旅行も行ったよ」

「海外って、どこの国?」

聞かされたこの内容にどこまで踏みこんでいいのかがわからない。真剣に聞いてはいるが下手な相槌《あいづち》も打ちかねるし、かといって黙ってうなずいてばかりなのもどうかと思う。結局野江は当たり障りのなさそうな部分にだけ反応した。

「アイルランドを中心にヨーロッパのあちこちを」

「楽しかった?」

「まあね。だけど、目的は観光ばかりじゃなかったんだ。アイルランドという国は祖母のルーツらしいから」

野江は目蓋《まぶた》をしばたたかせた。それでは、野江のお祖母さんはアイルランドのひとなのだろうか。

「半分だけね」

思ったことを読まれたか、聡《さと》い千林がそう言った。

「祖母はこの市の生まれで、国籍も日本だよ。彼女の母親は日本人で、父親がたぶんそう。ふたりは結婚していなくて、彼女がものごころついたころにはもう父親はいなかった」

貧しい家庭で育ったんだと千林は言う。

「和菓子屋のバイト先で見染められて、十六歳で親よりも年上の祖父の後妻におさまったのも、自分の母親を助けるためだったと思う。本人は僕になにも言わなかったが、古くからの製茶問屋に入ったことで苦労もたくさんあっただろう」

そこまで告げると、千林が視線を動かして野江を見る。

「ここまでつきあわせたうえに、僕は自分のことばかりしゃべりすぎだね」

「ううん、そんなこと。いくらでもしゃべって聞かせて。俺はそのほうがいいんだから」

「そう？」

その問いに、上半身ごとうなずいた。すると、ふたたび千林は前を見て、独りごとの調子でつぶやく。

「僕と祖母とは実際には血の繋がりはないんだけどね、顔立ちが似ているから他人は本物の家族だと思っていて、それが僕はうれしかった。千林のはみ出し者でも、あのひととならかまわなかった。だから病気と聞いたときにはすぐにも見舞いに行きたくて……」

言いさして、千林は視線を落とした。

うつむく千林を励ましたくて、でもなにを言っていいかわからなくて、野江はそっと手を伸ばし、彼のそれに触れるか触れないかまで近づけた。

「だけど、あのひとは来ては駄目だと言ってきた。化粧もしていない、やつれた顔を見せたくない。こんな姿を僕の記憶に残したくない。元気になったらこちらから連絡すると。だから、僕は一度も見舞いに行っていない」

千林が手の向きを変え、近づけていた野江の手を軽く握る。頼る仕草と思うのはきっと勘違いだろうけれど、それで少しでも慰めになるならと野江はその手を握り返した。

「さっききみが言っただろう——迷う気持ちがあったとしたら、自分の想いに耳を傾けてほしいんだ——って。それでようやく踏ん切りがつけられた」

千林は頭をあげて、こちらのほうは見ないまま握る指に力をこめた。

「いまからあのひとの病室に行ってくる。あなたに来るなと言われたけれど、どうしても会いたかったたと伝えてくる」

たったそれだけのことなのに、これほど時間がかかったと、苦い声音で千林は言う。

「僕は優柔不断な、情けない男だね」

「そんなことない」

野江はきっぱり言いきった。

「あなたが迷っていたのって、そのひとの意思を尊重したからだ。病気の姿を見せたくないお祖母さんの気持ちがわかって、だけどせめて近くにいたくて、転職までしてさいたま工場に来たんだろう?」

だから最初から、希望はここの工場一本だったのだ。

「俺にもわかるよ。嫌なことして相手を傷つけたらどうしようって。それで嫌いになられたらどうしようって。迷って、悩んで、だけどそれでもどうしてもって」

自分もおなじだ。千林に――きみには関係ないことです――とはじかれて、以後は鬱陶しい詮索は自分に禁じ、出すぎた真似はやめようと気をつけていて……それでもやっぱりいまみたいにアクセルを踏んでしまう。

「きみも、そう?」

野江はこっくり首を振る。

「大事なひとを大事にしたい気持ちはおなじ」

言うと、彼は姿勢を変えてこちらを向いた。

決めたと言いながらいまだに迷う気持ちがあるのか、その眸にはいつものような光がなく、しかし野江の手をぎゅっと握って「行ってくる」と伝えてきた。

「時間がかかるかもしれないから、きみは……」

「ここで待ってる」

「うん……。そうだね、ここで待っていて」

彼はうなずき、空いているほうの手で野江の頭を撫でてくる。その仕草が前にぬいぐるみを撫でた手つきとよく似ていて、可笑しいようなせつないような複雑な気持ちにさせた。

「きみがここにいてくれてよかったよ。こうやって頭を撫でさせてくれるしね」

冗談を言う気分ではないだろうに、微笑を交えてつぶやいたのは、たぶん不安をまぎらわせるため。そうと感じて、野江もまた軽い調子で彼に返す。

「もー、千林さん、またひとをわんこ扱い」

「ああ、ごめん。じゃあまたあとで」

「待ってるワン」

にこっと笑って応じると、彼は野江から手を離し、車の外に出ていった。

エレベーターに通じる出口に背の高い男が消えると、野江は大きなため息を吐き出して、身をふたつに折り曲げた。

どうかうまくいきますように。あのひとの決断が間違いじゃなく、どちらも傷つきませんように。

祈るような想いをかかえて助手席に身を伏せて、そののちはなすすべもなくただ時は過ぎていく。待つしかないとわかっていても、流れていく時間は重く、野江は身動きのついでに車のエンジンを切り、ふたたび席にうずくまる。と、その際に、とある光景が記憶のなかから甦った。

（ああそうだった……あのときも病院の敷地にいて、戻るひとを待っていた）

あれは野江が小学五年生のとき。当時、父親は入院していて、長引く病気に職を失い、貯金も底をつきかけていた。子供はちいさく、働けるのは母親だけで、当時の彼女はパートをかけ持ちにして生活費を稼いでいたのだ。

午前中は会社ビルの清掃と食堂のセッティング。午後一時から五時半までは病院の患者食の調理補助。一日の仕事が終わり、母親が病院内に併設された保育所から四歳の妹の手を引いて建物を出てきたときには、すっかりくたびれ果てていた。

――母さん、おかえり。

野江は母親の仕事終わりに時間を合わせてふたりを病院まで迎えに行った。そのころはそこから歩いて二キロほど先にあるアパートに住んでいて、野江はいつもふたりを待って病院の裏庭に佇んでいたのだった。

――ほら、佳織《かおり》。兄ちゃんと手を繋ごうな。

疲れている母親の代わりとして、洗濯物の取りこみと、風呂を沸かすことはした。そのほかにできることは、こうして妹を歩かせてつれ帰ること。

ちいさな妹は母と離れているあいだ、寂しくてたまらなくて、それを取り返そうとして赤ちゃん返りをするからだ。

――母さんは仕事あがりで疲れてるんだ。ちょっとのあいだなら、俺がおんぶしてやるから。

さすがに二キロを歩き通すことは無理でも、しばらくなら妹を背負っても頑張れる。しかし、妹はあくまで母親に抱かれたがった。

――やだっ……かあたんが、かあたんがいいっ。

野江がちらと見る母親の頬はこけ、ふたりの子供のやりとりにもほとんど反応できていない。それでも無意識に手を出して、娘を抱こうとしているのを、野江は黙って見ていられない。

――佳織、ほらほらこっちを見ろよ。

野江はこういうとき、子供ながらに知恵を絞った。妹の気を引いて、楽しい気持ちにさせられれば勝ちなのだ。

――兄ちゃんが、でんぐり返し見せてやるから。

側転から連続してのバック転。そのあとビシッとポーズを決める。

――な、アニメとそっくり。

ニカッと笑ってみせつつの、ポーズ決め。そこで妹が興味を示せば成功だ。そうでない場合には、妹が知っている教育テレビの歌を歌い、べつのアニメの台詞を言いと、工夫を凝らすことになる。

――いつでも笑っているきみが好きだ。元気なきみが最高だ。だからつらくても負けちゃ駄目だ！

そんなアニメの言葉に換えて、野江は妹を励ました。

そう言う自分はときどき泣きそうになっていたが、それでも頑張れたのは、こちらをじっと見つめているひとつの視線があったからかもしれなかった。

病院の通用口から庭を通って帰る途中、その子はいつも車椅子に乗ってこちらのほうを眺めていた。

病気のせいかずいぶんと顔面がむくんでいて、けれどもその子供からは凛《りん》とした佇まいが感じられた。

近くに行って見たわけではない、なにか会話したわけでもない。しかしなんとなくその子がそこにいることで勇気づけられる気分がしたのだ。

自分は決して独りじゃない、あそこにちゃんと見ていてくれるひとがいる。

こちらよりたぶんいくつかは年上で、髪は肩のあたりまであり、膝にはチェックの毛布をかけていたその子の姿を、野江はいつも視野の端に置いていた。

——だからつらくても負けちゃ駄目だ。俺はいつもきみを見ている！

ヒーローの放った台詞を、野江が大声で言ったとき、きっとそれを互いに投げかけるエールにしていた。

野江はまもなく父親が退院し、その後無事に再就職したことで、母と妹を迎えに行くことはなくなったが、おそらくあれが自分の初恋なのだろう。

遠くからそれぞれ眺め合うだけの、恋と言うにはあまりにも淡い記憶の一ページ。

「……千林さん、独りじゃないよ。俺がここで待ってるから」

昔になぞらえて、野江はつぶやく。

ずっとここで待っている。あなたのことだけを想っている。

そうして、野江が彼のために祈り続けてどのくらい経ったころか。

屋上の出入り口から人影が現れて、やがてそれが近づくと、運転席のドアがひらかれ、そこから彼が身を入れてくる。

「エンジンを切っていたのか。点《つ》けたままでもよかったのに」

そう言う彼の横顔も、声の調子も平静で、いったい祖母の病室でなにがあったか推し測れない。野江はわざと明るい調子を響かせた。

「エコだよ。環境に配慮した」

その返事に千林はただうなずくと、エンジンを入れ直し「帰ろうか」と言ってくる。

そうして野江の答えを待たずに駐車場から公道に出て、黙々と車を走らせていく。

千林は落ちこんでいる様子もなければ、険しい表情もしていないが、彼はしかし自分の感情を抑えることに慣れている。

それが病弱だった子供時代のせいなのか、彼の言う千林のはみ出し者でいたためか。

考えると苦しくなって、野江は深く頭を垂れ——そのとき「悪かった」と言葉が聞こえた。

「すぐに結果を言わないで心配させたね。少し自分の頭のなかで整理するための時間が欲しかったから」

「あ、ううん。俺なんかはどうでも」

「どうでもいいことはないよ。僕が今日、祖母と会話ができたのはきみの助言があればこそだ」

「じゃあ……お祖母さんとは」

「ああ。最初は僕を部屋から出そうとしたけどね。最終的にはわかり合えた」

千林はハンドルを左に切りつつ、静かな調子でそう言った。

「どうせ消えてしまうなら、綺麗な面影だけを残したいと思っていたが、本当はずっと僕に会いたかったと。顔を見て、話したかったと言ってくれた」

安堵のあまり、野江は涙が出そうになった。千林に気づかれないよう顔を背けて、そのあとは会話もなくやがてアパートの前に着く。

野江が助手席のシートベルトを外そうと身動きしたら、千林が「少しそのまま」と制してきた。

「きみに礼を言いたいんだ。今日はありがとう。きみのお陰で長年の迷いが解けた」

「ううん、俺はべつにたいしたことをしてないし」

「僕にとっては充分たいしたことだった。今日は僕のことばかり優先させてすまなかったね」

「そんなのちっとも……」

そう言いかけたときだった。ふいに彼がこちらのほうに身を傾ける。（あ）と野江が思ったときには、千林の唇が触れていた。

千林は野江の二の腕に手を添えて、さらに唇を重ねてくる。それから舌先を伸ばしてきて、下唇をちろりと舐《な》めた。

「……っ」

これまでに二十五年間生きていて、情けないが初キスで、しかも相手は千林。なにをどうすればいいのかまったくわからなくて、真っ赤になって固まると、相手はもう一度唇を押しつけてからそれを離した。

「……次の休みには、またゲームをしに行こう」

やさしい調子で告げながら、野江の席のシートベルトを外し取る。

「今日は本当にありがとう」

そうして千林は運転席を降りていくと、車体のフロントを横切って、野江の席のドアを開けた。

「また月曜日に会社でね」

ROVER

「………あ……のっ……」

「なに?」

「俺たちっ、とっ、友達で……っ」

「うん、そうだよ」

「じゃあっ……いまのはっ……」

「キスだね、ごめん」

ちっとも悪いと思っていない顔をして彼はあやまる。そうして唖然としている野江の手を取って席から降ろすと、髪をくしゃくしゃと撫でてきた。

「それじゃあ、おやすみ」

千林は元のコースで車に戻ると、軽くこちらに手を振ったあと、視線を前に置き換える。

彼の車が角を曲がって消えたのち、野江はかすれた叫びをあげた。

「な……なんだっ……いまの……っ」

俺たち友達↓キスした↓ごめん↓だけどちっとも悪びれない。

この流れが理解不能で、パニックを起こしていて、なのに千林の唇の感触だけはまざまざと残っている。

「……へ、部屋に戻ろ……もう寝よう……」

今日は一日いろんなことがありすぎた。

頭がオーバーヒートして煙が出そうになってきて、野江はひとまず思考をうっちゃり、よろよろとおぼつかない足取りで自分の部屋に帰っていった。

◇　◇

野江と別れた車内の席で、おぼえず千林は笑い声を洩らしていた。

「ミイラ取りがミイラになったか」

誑《たぶら》かすつもりなのが、いつの間にか惹きつけられた。

それでもまあ、最初からその予兆はあったのだ。

新人研修のとき、野江はほかの人間の失敗を引き受けて、しかも全体のモチベーションをあげるという稀有《けう》なことをやってのけた。思わず「そうくん」と呼びかけたくなるほどに、彼は鮮烈なパワーを感じさせたのだ。

生産企画課にも、技術課にも、製造課にも、野江のファンはたくさんいる。本人は少しも気づいていないようだが、そうした彼らとのやりとりのさなかでは、いつも彼は明るい光の中心にいるかのようだ。

そしてそんなあたたかな輝きに惹かれるのは、ほかの人間ばかりではない。千林が野江をことさら指名して、取引先に連れていくのは、確かに営業的な効果も含まれている。しかし、それ以上に自分が彼といて楽しいからだ。

野江には他人を洞察する力があるが、妙なところは鈍感で、天然のまま。だからそこを突《つ》いてやれば簡単に翻弄《ほんろう》されるが、最後の最後でこちらの思惑を引っくり返す。それで結局思いどおりにならなくて、どんどん深みに嵌《は》まっていった。

(こんな気分は、そうくんに会って以来か……)

彼なら、あの少年の「そうくん」ならば、どうだっただろう。大人になった「そうくん」は、野江に似ていただろうか。

そう考えて、千林はその問いかけを放棄した。

「そうくん」は「そうくん」。そして野江は野江なのだ。祖母の病室に行くのを勧めてくれたのは野江であり、大人になった「そうくん」ではない。

どうしてこんな簡単な事柄に気づかずにいたのだろう。

目の前の曇りがにわかに晴れた気分で自分自身を省みれば、いままで見ようとしなかったことがわかる。

自分は最初から間違っていた。野江は「そうくん」の身代わりにはならないし、そもそも自分が追い求めていた「そうくん」は本物の彼とはかけ離れていた。いつの間にか自分は考え違いをして、べつのものを追っていたのだ。自分が思っていたものは「そうくん」に似てすらいない。あれは、あの姿は……。

千林がそこまで思考を進めたとき、スマートフォンに連絡が入ってきた。着信音から電話のようだ。ちょうどマンションの駐車場に入ったところで、いつもの位置で車を停めて画面を見ると、会社からでも、祖母の病院からでも、野江からでもない。

その相手は——自分が忘れ果てていた、いわば過去の遺物だった。

千林がおのれの間違いに気がついた折も折、まるでそれを見透かしていたかのようにこの電話はかかってきて、しかもこれきりとはならなかった。

◇　◇

「千林さん、すみません。山菱《やまびし》さん向けのあれなんですけど、パイプの納品が遅れてて、組立あがりが半日ずれると連絡が」

野江が千林のデスク横でそれを告げると、彼は落ち着いた様子のままにうなずいた。

「そのパイプ業者には僕のほうから連絡して、正確な納品時間を再確認しておきます。野江くんは組立班にいますぐ出向いて、仕あがりが何時ごろになるのかをたずねてこちらに電話をください」

「はい！」

直立の姿勢から返事をすると、野江は生産企画課を出て、言われたとおりに組立工場へと早足で向かっていく。
千林が祖母の病室を訪れてから二カ月。いつしか季節は秋の初めから晩秋へと変わってい
た。
「ああ、山地《やまじ》さん、すみません。パイプ遅れのあれなんですが、仕あがりは何時くらいにな
りそうですか?」
組立班の担当を捕まえて野江が聞けば、相手はむずかしい顔をして、
「まあ頑張っても明日の五時になるかなあ」
野江は先方への到着時刻から逆算し、あと三十分早めてほしいと頼みこんだ。
「お願いします。あと三十分早ければ、自社便に乗せられるんです。あれだったら中継を使
わずに先方に届くから、希望納期をぎりぎり守れそうなので」
「んなこと言われても無理なもんは……って、まあ、野江ちゃんたっての頼みだかんな。や
ってみるけど、期待はすんなや」
「はい。ありがとうございます!」
山地は組立班のベテランで、しぶしぶでもオーケイを出してくれれば、かならず要望に応え
てくれる。それを知っていて、野江はもう一度頭を下げると、自分の携帯を取り出した。
「あれ……?」
電波の具合かなんなのか、うまく電話が繋がらない。走って戻ってもいいのだが、少しで

も早いほうがと、野江は工場の隅にある備品室に駆けていった。

「ここの内線、借りますね」

カウンターの向こう側に声をかけると、棚の奥から小柄な青年がぴょこっと出てくる。

「あ。どうぞ」

作業服を着こんだ彼は青年というよりも少年めいた外見で、目が大きくて愛らしい。

野江が千林に製品の仕あがり時刻を連絡して電話を切ると、彼はカウンターの手前にしゃがんでせっせとネジの仕分けをしていた。

「電話、ありがとう」

そちらに向かって野江が言うと、顔をあげて「はい」と答える。じっと見てくるまなざしが、なんだかちいさな動物を思わせて、知らず野江は微笑んでいた。

「えっと、あの。よかったら、これ食べる?」

思いつきで差し出したのは、もらいもののクッキーの袋だった。野江は相変わらずおばさま世代の課員たちからやたら菓子をもらっていて、今日もポケットには飴《あめ》やら個包装のクッキーやらが入っていた。

「……ありがとうございます」

カウンター越しにおずおずと手を出して、丁寧に礼を言う。両手でクッキーの袋を持ってお辞儀をするのが、なんだかすごく可愛かった。

「きみはさ、牧野《まきの》くんて言うんだろ？　いつも千林さんと一緒の席で飯を食べてる」

「あ、はい。そうです」

「俺は生産企画の野江って言うんだ。あのひととはおなじ部署で仕事をしてる」

そうなんですかというふうに牧野が大きな目を瞠る。

「俺はめったにここまで来ないし、いままでは話す機会がなかったけど、おなじ会社の面子《めんつ》なんだし、これからはよろしくね」

にっこり笑って会釈をすると、彼も急いで前屈《まえかが》みに腰を折る。

「こ、こちらこそ」

それからふたり顔を合わせてふふっと笑う。そのあと野江はわれに返って、そうもしてはいられない状況に気がついた。

「……っと、まずい。戻らなきゃ」

山菱向けの出荷の件のみならず、翌月の初めには新製品展示会の予定があって、すべきことは山積みなのだ。

「じゃあまたっ。……あ、よかったらこれももらって」

まだポケットに残っていた菓子の袋を全部取り出し、彼の手のひらに乗せてやる。

「礼はいいよ。俺ももらいものなんで」

お辞儀をしかける彼を制して、野江はくるりと回れ右をし、大急ぎで走りはじめる。

（あのひとの言うとおり、すごく感じのいい子だったな）

この工場に転属してから、野江は千林が彼と食堂にいるところをほぼ毎回目にしていた。ときどきは組立班の若い男と会話をしていることもあって、春からここに来た野江はべつのテーブルから彼らの姿を眺めていたのだ。

こののち一日の仕事が終わって、自分の部屋に戻った野江は、だから千林に告げてみる。

「あのさぁ俺、牧野くんと話をしたよ」

最近の千林は土、日だけではなくちょくちょく野江の部屋を訪れていて、わりと普通にオンでもオフでも交流がある。

平日の夕食もしょっちゅう一緒で、今夜の千林はいつぞやゲーセンで獲ってきたわんこのぬいぐるみを膝に乗せて、自分の作ったチキンソテーを食べていた。チキンにはママレードソースをかけ、その横にはグリルしたマッシュルーム。野江が好きだと言ったから、これは最近のローテーションにしばしば出てくる料理である。

「携帯がうまく繋がらなかったから、あそこにある電話を借りた。聞いてたとおりふんわりした感じの子だった。名乗り合って、持ってたクッキーや飴をあげたら、丁寧に礼を言ったよ」

「ああ。あのときに備品室から？」

「そ。まじまじと大きな目で見てくるから、ああこの子って小動物系かなって」

「マイナスイオンは感じられた？」

「ん、ばっちり感じた。牧野くんって、癒《いや》し系でもあるんだよね。あなたが褒めるだけあって、すっごく可愛い子だったよ」

身を乗り出して同意したら、千林はなにやら微妙な顔つきで苦笑した。

「……ん？」

「いや。きみは妬《や》いたりはしないんだなと」

「焼くってなにを？」

真面目に聞いたのに、千林は首を横に振ったあと「なんでも」と言葉を濁した。

「僕のわんこは今日もいい子だと思っただけ」

聞いて、野江は返す反応に困ってしまった。「僕の」や「いい子」には反論したいが、すでに赤面しているだろうし、このうえもじもじしてしまうのは自分でも気色が悪い。

文句をつけても千林はじょうずにかわすし、結局からかわれただけのこととあきらめて、野江は無言で美味しいチキンをたいらげた。

「ごちそうさま。こっちの皿は下げてもいいね？」

「いいけど、僕も手伝うよ」

「んん、大丈夫。あなたは作ってくれたんだし、このあとはのんびりしてて」

食べたあとの片づけは野江がして、そののちはテレビを観《み》たり、スマホのゲームをしたりしてだらだら過ごす。

あとは入浴して寝るだけの野江のほうはジャージの上下を着ていて、ここから帰る千林はスーツの上着とネクタイを取った服装。そしてその格好で彼はぬいぐるみをお伴にして、この部屋に持ちこんでいた本を読む。

野江も隣でサッカー中継を観て、まったりとしていたとき、千林の端末が着信を報《しら》せてきた。どうするのかと思っていたら、彼はちらと画面を見たきり、マナーモードに切り換える。

「開けてみないの？」

「ダイレクトメールだからね」

千林は淡々とそう返し、野江は少し不思議な気がして首をひねった。

個人の端末に広告メールが入ってくることはありがちだが、ここ最近はその頻度があきらかに多い感じだ。

「あの、千林さん。俺が言うまでもないだろうけど、そのメール、拒否とかは」

「したけれどアドレス違いで来るからね」

「ああー……そりゃきりがないよねえ」

野江にもおぼえがあるが、送信アドレスをいくつも変えて迷惑メールが入ってくることがある。たいていはメールの設定で防げるが、それでもぽろぽろと受信してしまうときがあるのだ。

「展示会が終わったら、このこともきちんとするつもりだから」

「このことも……？」

だったらその迷惑メールの対策をするほかに、なにかあるというのだろうか？

野江が視線で問いかければ、彼がふっと微笑んで、ここにおいでと自分の横を手で叩く。

野江はのそのそとその場所まで這《は》っていった。

「……こんなにくっついて、窮屈じゃない？」

肩と肩を寄せ合って体育座りをした野江は、落ち着きなくもぞもぞと尻を動かす。しかし千林は澄ました顔で、

「かなり冷えてきたからね。きみは体温が高いほうだし、くっついてるとあったかいんだ」

「その、寒いんならエアコンを」

野江が腰を浮かせると、彼に手首を掴まれる。

「あ……」

目と目が合ったらもう駄目だ。野江はまるで強い磁力に引かれるように彼のほうへと身を寄せていく。

催促はなにもされていないのに彼の膝に自分から尻を落として囲いこまれ——彼の唇が迫ってくるのを心臓を高鳴らせて待ってしまう。

「ん……っ」

じつはこれまでに千林とこの部屋で何度かキスは交わしている。ふとした瞬間に、そんな時間が訪れるのだ。

こうしたときに千林は決して強引な仕草はしない。やさしく触れるだけ、軽く唇を擦り合わせているだけだ。

「ふ……んっ……」

そうされると、次第にたまらなくなってきて、野江はおのずから口をひらいて、彼の舌を待ち受ける仕草をする。そうして、ほどなく入ってくる濡《ぬ》れたそれにみずからの舌先を合わせていき、いまよりもディープなキスを望んでいると彼に知らせた。

「ん、ふっ……ん、ぅっ……」

千林は来るたびにいつもこんなキスをするわけではなく、なにもしないときもあれば、不意打ちで頬に軽くチュッとするだけのこともある。どのスイッチでこんなふうに濃いキスを仕かけてくるのかわからないが、こんなときの彼の艶《なま》めかしさ、巧みさは圧倒的で、野江はいつも簡単に翻弄され、流されるまま気持ちよくなってしまう。

「あ、ふ……っ……ん、ふ……っ」

どのくらいそうしていたのか、夢中になって舌を食《は》み、唾液《だえき》を啜《すす》り、千林とのキスを味わい——やがて、濡れきった唇が名残《なごり》惜しげに離れていき、千林が頬にキスして、野江の耳に「可愛いね……」とささやきかけ——そこでハッとわれに返った。

「あっ、うわっ、俺たちは……っ」

「僕たちは？」

「友達でっ」

するると、千林が「そうだね、ごめん」と野江を離し、そのあとなにかからかいの言葉を紡ぐ。そしてそれを聞かされた野江が「もー、千林さんってば」とむくれておしまい――と、そこまでがキスをする際のワンセット。

しかし、今夜の千林は抱えこんだ腕を解いてはくれなかった。

「そうだね、友達だ」

だけど、と千林は艶めかしいまなざしをそそいでくる。

「それにもう少しくわえたら？」

「も、もう少しって……？」

「そうなったら、僕はきみにもっとたくさんのものをあげるよ」

言って、千林は体勢を変え、野江の背をラグマットの上につけると、自分はそこに覆いかぶさる姿勢になった。

「せっ、千林さん⁉」

「もっとたくさん欲しくない？」

「や、でも……っ」

「でも？」

「もっ、もう充分晩飯とかもらってるしっ」

「………………」

「いまのこれもっ。あなたは会社のひとで、友達にしちゃ行きすぎかなって思うけどっ……でも俺、あなたとのスキンシップは結構、好きでっ……なんか夢中になっちゃうし……っ」

「そう？」

千林の唇がなにやらむずむず動いている。

「そうだよっ。友達なのに、その、キスなんかしてあれだけど、嫌かって言われたらそうじゃないし……撫でられるのもわんこかなって感じだけど、でも……っ」

結局なにが言いたいのかわからなくなり、覆いかぶさる彼の下で野江は狼狽《ろうばい》しまくっている。千林はそんな野江をつかの間眺めたあとで、いきなりぶっと噴き出した。

「え、なんでっ⁉　なんかおかしなこと言った？」

「いや……なにも」

くつくつと笑う暇に彼は言い、そのあと野江の身体を掬《すく》って起き直らせると、あらためて上から膝立ちで抱えこんだ。

「いまのは僕が悪かった。フライングでついやりすぎた。きみはほんとに可愛いね」

「ばっ、馬鹿に……」

「してないしてない。いい子だわんこだ」

「ちょ、なんかそれひどくない……⁉」

あんまりだとむくれたけれど、色気もなにもなく抱えこみ、よしよしと撫でてくる彼の手がなんだかすごく気持ちがよくて、野江も途中でくすくす笑いが洩れてくる。

「もう千林さん、撫でれば俺をなだめられると思ってるだろ」

「そうだね、そう思ってる」

「あー、やっぱり。まあ……そのとおりなんだけどさ」

「だろ？　きみのご機嫌もなおったし、僕はそろそろ失礼するよ」

千林はくしゃくしゃと野江の髪を掻きまぜてから「じゃあおやすみ」と去っていった。

パタンとドアが閉まってから、野江は無意識に自分の髪に手をやって、

「……わんこかなって感じだけど、でも……俺は、千林さんに撫でられるのはすごく好きだよ。もしも俺が本物の犬だったら、きっと尻尾を振っちゃってる」

それくらいに彼のことが慕わしい。こうして一緒にいる時間が増えていくたびに、野江は千林に惹きつけられる。

自分の贔屓目《ひいきめ》というばかりではなく、千林は、強く、かしこく、それにやさしくて、繊細な部分があり、かつ情の深いひとだと野江は思う。

「そんなあのひとと毎日いられて……俺は満足なんだけど……」

千林が自分を大切な存在として扱ってくれているのはよくわかる。少しばかりオーバーランかとも思うけれど、彼はいつも余裕ありげで、最後は野江をからかうから、やっぱり友達の範囲なんだなと納得している。

さっき彼は「もう少し」と言ったけれど、あれはなんだったのだろう。

あのときの千林はいつもの彼とちょっとだけ雰囲気が違っていて、あせった自分は晩飯みたいなガキっぽい考えしか浮かばなかったが。

いったいふたりのあいだにはどんな「もう少し」があるというのか。

野江はそのことが知りたくて——でもやっぱり知りたくないと思ってしまった。

千林には会うたびに大切ななにかを手渡し、彼からもおなじ分量のそれを返してもらっている。いままで野江の知っている友達同士の間柄とはまるでことなる、言葉にしがたい微妙な関係。

でも、だからこそ野江はこの状態を壊したくない。

最近千林が帰ったあとで、なんとなく物足りない気持ちになることがあっても、その部分をはっきりさせてこの関係が変わってしまうのが怖かった。

「俺って女々しかったのかな……こんなあやふやな気分のままで……それでもここから出たくないとか……」

だけど、野江はこのままでいたいのだ。撫でられて、可愛がられて、ふたりで仲良くじゃれていたい。その状態をいまは変えたいとは思わなかった。

◇　◇

「おーい、その洗浄機はこっちこっち」

「そう、このパーティション、ここに立てて」

野江が千林との関係にもやもやしていようとしていまいと、それには関係なく時が流れる。

今日からの三日間は都内の国際展示場で『洗浄総合展』が催される。年に一度のそれに合わせて、新作の洗浄機を発表する予定であり、本社の営業課と、さいたま工場の生産企画課は、開始直前までその準備におおわらわだ。

「名刺受けの箱はどこに置きましょうか?」

コンパニオンの女性に聞かれ、野江は受付のカウンターをざっと見る。

「そうですね。ここに設置してもらえますか?」

手で位置を示した直後、背後から名前を呼ばれた。くるりと振り向いて、そちらに駆けつけ、野江は千林の指示をうかがう。

「はい、なんでしょう?」

「パンフレットを入れたカゴが駐車場に残っているので、それを取ってきてくれませんか」

「はい！」

「急いでいても、場内を走ってはいけませんよ」

その注意にうなずいて、野江は可及的速やかに足を動かす。その途中でバタバタ走りまわる水岡を見かけたので「場内は走るなよ」とおなじ注意をし返した。

「そうなんだけど、あせるよな」

「うん。まあその気持ちはわかるけど」

万全を期したつもりで準備をしても、いざ現場に入ってみると、さまざまな不備が見つかる。時間も手立ても限られたなか、その穴を塞《ふさ》ぐのに皆が一生懸命なのだ。

「俺、こっち」

「俺はあっちだ」

まもなく水岡とは曲がり角で別々になり、広い展示場内を横切ると、野江はエレベーターで駐車場に降りていく。配置を示す表示板を確かめながら、粟津工業のロゴの入ったライトバンを目指して進み、その手前まで来たときだった。

「あれ……？」

誰かが車のすぐ脇に立っている。会社の人間……ではなさそうだ。

その青年は綺麗な栗色《くりいろ》の髪をしていて、カジュアルだがセンスのいい服を着ている。

大人っぽく顔立ちの整った青年は、モデルかと思うほど洗練されていて、気だるげなまなざしで野江を眺めた。

「あの。弊社になにかご用ですか？」

「うん……これ、粟津工業の車だよね」

「あ、はい」

「きみもここの会社のひと？」

「はいそうですが」

野江は「弊社」と言ったのだし、聞くまでもないと思うが、彼は「じゃあね」といささか白っぽくなっている唇を動かした。

「凌爾はいまどこにいるの？」

「凌爾？」

あれ、どこかで聞いた名前だな。一瞬そう思ってから、千林のそれだと気づく。だとしたら、この青年はあのひとの知り合いか……？

「もしかして、千林のことですか？」

「そう。ここで待ってれば、誰か来ると思ったから」

「はい？」

彼がなにを言っているのかわからない。

「えと。千林に用があるなら、会場に行かれては？」

「ううん。それよりも、ここまで凌爾を呼んできてよ」

頼むというより命令の気配が強いこの台詞には、反発心と警戒心とが呼びさまされる。野江は少し考えてから彼に応じた。

「申しわけありませんが、いまは業務中ですので。あなたがここにいらっしゃっていることは申し伝えておきますので、よろしかったらお名前を」

意識しておだやかにたずねたが、彼はいきなり表情を変え、噛みつくいきおいで言ってくる。

「なんだよ、それ。名前を名乗れって不躾じゃない⁉」

「いや、あの……？」

「凌爾には『そうくん』が来たって言えばわかるから！　それくらいなら馬鹿でも伝えられるだろ！」

突然の暴言に野江は茫然と相手を眺める。そして、それ以上に彼が言った台詞に衝撃を受けていた。

（そうくん……？）

だったら、ここにいる青年こそが本物の「そうくん」なのか？

「早く！」

「わ……かりました」

目の前にも頭のなかにも白い霧がかかったみたいで、自分がなにをしているのかわからない。それでもほとんどは無意識に車内からパンフレットを持ち出すと、野江は雲を踏む足取りで会場に戻っていった。

「野江くん、どうしました？」

あきらかな変調を表していたのだろう、千林が野江を見咎《みとが》めて聞いてくる。

「あの……駐車場に……」

言いたくない。千林が探していた「そうくん」がいるのだと報せたくない。もしもこの事実を教えたら、千林はどうするだろう。

きっと大喜びで走っていって、再会を祝い合う？　そして、しょせんごっこ相手の自分などはこれきりお払い箱になる？

「そこでなにかあったんですか？」

野江はぐっと拳を握り、一度息を吸ってから、声を外に押し出した。

「あなたを呼んでって言われたんです」

知らんふりを通すことはできなかった。以前に千林が――ですが、僕はもう二度と彼には会えそうもないんです――そうつぶやいたとき、寂しそうな表情をしていたから。

かつて千林を励ましてくれた存在、そしていまも彼の心を大きく占めている大事なひと。なのに自分の我儘な感情から、ふたりの邪魔をしては駄目だ。

「……『そうくん』が来たと言えばわかるからって」

足元に視線を落として、野江は告げた。

それから千林が去っていくのを待ち受ける。

しかし彼は歩き出さず、怪訝に思って見あげると、難しい顔をした男の顔が視野に入る。

「千林さん……？」

「少しだけ、ここを外させてもらいますね」

不思議に思った野江が問うと、彼は平坦な声音で告げた。

「跡見課長には、その旨伝えておきますから。あとはもう開場を待つだけですし、そうなれば営業中心で動きますしね」

開催中の接客は営業課が対応することになっている。生産企画課はそのサポートに回ることになっていて、確かにこのあとはいままでほど忙しくはないのだった。

「すぐに戻ってきますから」

ぽんと野江の肩を叩いて、彼が長い脚を動かす。去っていく背中を見送り、野江はさっき触れられた自分の肩に手を添えた。

どうしよう。俺も行くんだと子供みたいにわめきたい。もしくは行かないでと叫びたいほどのやみくもな衝動をおぼえている。

千林に「そうくん」を会わせたくない。邪魔をしては駄目だと思ったばかりなのに、理屈抜きに嫌な気持ちが先に立つ。

「おうい、野江。最後の申し合わせをしておくって、跡見課長が」

けれども、なんの権利もないのに、そんなことが野江にできるはずもなく、水岡に呼ばれるままにそちらを向いた。

「うん、わかった……いま行くよ」

◇

◇

突然現れた「そうくん」の存在に、心臓が鷲摑《わしづか》みにされたような痛みをおぼえた野江だったが、拍子抜けすることに千林はさほどもかからずふたたび会場に戻ってきた。

「あれ⁉ 早いですけど、会えてなかったんですか？」

思わず野江がそう聞くと、彼はなんでもないふうに、しかし意外な返事をよこす。

「いや、いましたが、ここから帰ってもらいました。彼は『そうくん』じゃなかったですから」

「だけど、確かにあのときはそう言って」

「だったのでしょうが、違いました。彼が面倒をかけてしまって申しわけなかったですね」

「いえっ。あなたが悪いんじゃないですから！」

思いのほか強い調子になってしまい、千林が目を瞠る。野江は「すみません……」と尻すぼみの声を落としてうつむいた。

大きな声の理由は自分でもわかっている。野江はあの青年のために彼があやまるのが嫌だったのだ。

(それに……)

同時に野江は違和感をおぼえていた。なにかおかしい。絶対変だ。

あの青年はみずからを「そうくん」だと名乗ったのに、千林は否定する。そしてその理由を野江には話すつもりがないのだ。

「俺は仕事に戻ります」

千林と顔を合わさずそう言うと「野江くん」と引きとめられた。拗ねた態度は取りたくなくて、それでも自分が部外者だという気持ちが消せずに、野江は黙って彼を見る。

「さっきの件は、もっと早くに決まりをつけるべきでした。いまはくわしく言えませんが、かならず片をつけてから、すべてきみに話します」

その言葉にはきっと嘘がないのだろう。だけどそれでわかってしまった。やはり千林は自分に隠しごとをしている。

しかしそれを追及できる立場でもなく、野江は無言でうなずいた。

「それで、僕を……」

つぶやきかけて、ひととき千林は口を閉ざした。それからなんとも読めない顔で、軽く横に首を振る。

「仕事中なのにすみません。どうぞ持ち場に戻ってください」

◇　◇

栗津工業新作発表展示会、その最終日の今日は土曜で、会場内には関連企業以外の人々もちらほら交じっているようだ。

洗浄総合展は事前に招待状を配布していて、それをメーカーのブースまで持っていけば、パンフレットや土産の品を渡せるが、それ以外でも展示場に入るだけは規制なしの自由なのだ。

土曜日の昼下がり、野江は肺が空っぽになるほどの大きな息を吐き出して、それを水岡に見咎められた。

「なんだよ、野江。展示会はまだ終わっちゃいないんだぞ」

「うん、そうだな……」

「どしたよ、そんなしけた顔して。腹でも壊したか。それとも飯を食いはぐれたか?」

それくらいしか思いつかない能天気な水岡がうらやましい。野江は眉間《みけん》に皺《しわ》を寄せつつ、陰鬱な声音を洩らした。

「そんなんじゃないんだよ」

「だったら、なんだよ?」

「なにかな……ほんとになんだろな?」

「なんだそれ。おまえ、わけわかんないぞ」

「うん。自分でもわからないんだ」

またもため息をつく野江を見て、水岡は処置なしと言わんばかりに肩をすくめて去っていった。

水岡に呆れられるのは当然だ。フロアの隅に立ち尽くして野江は思う。

この施設の駐車場に「そうくん」が現れてから、野江は千林と彼とのことばかり考えている。

あの青年は綺麗でセンスがよく、千林の隣に立たせてもお似合いだろう。千林は彼のことを「そうくん」ではないと言ったが、それがもし本当だったら彼とはどういう関係なのか?

わざわざ訪ねてきたのならば、もう一度千林と関わりを持つことになるのだろうか?

こんなことばかり思い続けてうじうじしている自分が嫌だ。なのに、いつまでもしつこい不安が消せないでいる。

千林のいちばん近くに寄り添うのは、自分だけだと思っていたのに――。

「……っ、やめなさい」

声を押し殺した、しかしきつい叱責《しっせき》がそのとき野江の耳を打った。

愕然として振り向くとそこには千林と、先日見かけた青年がいる。

イベント用のオブジェの陰であちらからは気づかれていないだろうが、野江はとっさに身を隠し、耳だけに神経を集中させた。

「だって、凌爾がっ」

「いいからこちらに」

声はひそめていたけれど、このフロアには訪問客やスタッフたちの姿がある。ふたりのあいだにトラブルの気配を察して、近場にいた課員のひとりが足を踏み出し、それを千林が「大丈夫」と制止した。

「彼は僕の知り合いなので。話してここから帰らせます」

すわ接客トラブルかと思ったが、千林を訪ねてきた知人がなにやらごねているだけ。そうとわかって、彼はまたも自分の持ち場に関心を戻していく。しかし野江はそうはいかず、千林が青年の肘《ひじ》を摑んでこの場所から去っていくのを食い入るように見つめていた。

（どうする……？）

つかの間迷って、結局野江は彼らが視界から消える前に物陰から離れていった。

頭のなかではやめろと制止する声が響き、しかし足が止まらないのだ。

追っかけるな。彼らを窺うな。おまえには関係ない。

野江の理性が懸命に諭しているのに、どうにもブレーキが利かないまま、野江はふたりがくぐっていった非常階段のドアノブに手をかけた。ぎりぎりひとりぶんだけひらいた扉の隙間をすり抜け、彼らからは見えない位置の階段脇にしゃがみこむ。

「なんで会いに来てくれないんだよ⁉」

危急時に煙が入ってこないよう閉鎖された空間に、その声がわんわんと響き渡る。このとき彼らは地階に至る踊り場で向き合っていて、ヒステリックな男の声はなおも続いた。

「電話したよ、メールもしたんだ、会いに来てって。すぐ来てって！」

「ですね。きみは僕に常識外れの回数をよこしました」

対する千林の応答は氷のように冷ややかだった。

「だって！　あれは凌爾がぼくの連絡を無視するから！」

「べつに無視はしませんでしたよ。最初に僕ははっきりと言いました。きみとは二度と会うつもりがない。別れてから二年半以上の時間が経っているというのに、もういまさらのことだろうと」

「いまさらって……たかが二年半あまりじゃないか！」

千林はうんざりしたふうにため息をつく。そのあいだも野江の頭はガンガンと鳴っていた。

これはいわゆる別れ話のこじれというやつだろうか？

自分自身に恋愛体験がないとしても、学生時代、そして社会人生活を通じて、他人の話を聞く機会がまったくなかったわけではない。

おそらくこのふたりは恋人同士だったのだ。だとしたら、千林はかつてこの青年を自分の恋人として愛していた……?

「たかがと言いますが、きみはそのあいだに三人の恋人を作っていますね?」

「ど、どうしてそれを」

「興味はまったくなかったですが、僕の生活にきみを二度と踏みこませないようにするには、それを知ることが必要かと思ったので」

千林は乾ききった大地に吹く風のような声音で言った。

「つきあっていたときに、僕はきみとなんの約束もしませんでした。別れを告げたのはきみからで、そのあとそちらはべつの恋人を複数作った。それなら、法的にも道義的にも僕になにかを要求する権利はない」

「そ、それはっ……そうだけどっ!」

「僕はきみを批難しません。できるような立場でもない。ただ僕とは交わらない場所にいて暮らしてほしい。いまの僕がきみに望むのはそれだけです」

冷酷に相手を遮断する台詞。野江は思わず耳を塞いだ。

やめてくれ。そうした言葉は聞きたくない。仮にも好きだった相手のことを、このひとはこんなふうに切って捨ててしまうのか。

「なっ、なんてひどいことを言うんだ⁉　ぼくのことを『そうくん』だって、あんなにも可愛がってくれただろっ！」

ハッと野江は顎をあげた。

それではやはりここにいる彼こそが、千林の「そうくん」だった？

しかし、野江のその思いを次の言葉が打ち砕く。

「そうですね。あの当時、ほんの少しは似ていると思いましたが、僕の勘違いでした。それに」

「それに？」

「もういいんです。『そうくん』に似ていようがいなかろうが、どうでもいい。僕はもっと……」

「嫌だっ、そんなの許さないっ……！」

悲鳴のような声色が野江の目を瞠らせる。思わず首を伸ばして見ると、青年は持っていたバッグからナイフを取り出していた。

「そんなの聞かない、許さないっ……ぼくを捨てて、おまえだけがいままでどおり暮らすなんてっ」

「そのナイフを離しなさい。僕を刺しても、殺しても、きみにはなにも得るものはない」

「知ったことか！」

　青年はひきつり笑いを洩らしながら、ナイフの切っ先を相手に向けた。

「おまえがぼくを捨てなければ、会社を馘《くび》にならなかった。酒も、クスリも欲しくはならなかったんだ……！」

青年は「殺してやる」と、狂ったような哄笑《こうしょう》をまき散らす。

「ぼくがこんなにみじめなのに、どうしておまえがのうのうと生きているんだ⁉　おまえなんか……っ」

思うより先に野江の身体が動いていた。階段をほとんど飛ぶように下りていき、ナイフを持っている腕を目がけて手を伸ばす。

「やめろっ！」

「な……っ⁉」

「それをよこせっ！」

青年の真横から利き手を封じ、いきおいのまま相手の身体を倒していく。

「野江くん……⁉」

あせりと緊張で極端に狭まった視野のなか、千林の愕然とする声が踊り場に響いてまもなく。

「…………いったぁ」

野江は左手で頭を押さえつつ起き直った。力まかせにナイフをもぎ取ったあと、突っこんだ体勢なりに頭を壁にぶつけたのだ。

伏した青年を下敷きに座りこみ、野江は千林が無事なことを確かめる。

「大丈夫、千林さん?」

それから野江は(え?)と異変に気がついた。

彼の全身が凍りついているように思えたのだ。

「ど、どし……」

当惑しきって野江が洩らした一瞬後、千林の呪縛《じゅばく》が解けた。彼は一挙動で間近に来ると、野江の前にひざまずく。

「手をひらいて」

言いながら、彼がシュッと自分のネクタイを抜き取った。そうして野江の右手に視線を落としてくる。つられて目線をそちらに向けるや、野江の喉から叫びが洩れた。

「な、なにこれ⁉」

渾身《こんしん》の力で握った刃が手のひらに食い入って、そこから血が垂れ落ちているのだった。

「早く。手をひらくんだ」

そう言われても、自分の血を見たとたん、パニックを起こしてしまい、全身が固まっている。千林は「クソッ」と低く洩らしたあとで、野江の指を一本ずつひらかせていく。

　こんな千林も、度を失った彼の様子も初めてで、野江はもうパニックをとおり越して呆《ほう》けたようになっていた。

「もう少し我慢して。すぐに救急車をここに呼ぶから」

　ナイフを床に落とさせて、自分のネクタイで止血しながら彼が言う。

「救急車を……？」

　手首への圧迫を感じながら、野江はぼんやり彼の台詞を復唱した。

「ああ。すぐに手当てをしてもらうから、少し待って……」

「駄目だよ！」

　さらにハンカチを巻きつけられている最中に、野江は目をいっぱいに見ひらいて、千林を制止した。それがどういう意味を持つのか察知したのだ。

「電話しないで。おおごとになる！」

「だが」

「平気だからっ。ちょっと手のひらを切っただけだ」

　自分で病院に行くからと、野江はがくがく震える脚で立ちあがった。

「俺の不注意で手を切ったことにしといて。手当てしてもらったら、また現場に戻ってくるって」

　左手を壁について身を支え、一歩ずつ段をあがる。その途中でふわっと足が宙に浮き、野

江は「ひゃあっ」と目を回した。

「せ、千林さんっ⁉」

「暴れないで。左手でドアを開けて」

横抱きにされたまま、あっという間に防火扉の前に来る。野江が斜めに身体を向けてノブを回すと、千林が肩でそれを押しひらく。そうして駆け足の寸前くらいのスピードで展示場を進んでいくから、野江は仰天してしまった。

「ちょ、降ろしてっ」

当然の反応だろうが、通りかかる人々は皆なにごとかとこちらを眺める。ものすごく恥ずかしくて、なのに千林は意に介さずに「動かないで。傷に障る」とタクシー乗り場までいっきに野江を運んでいった。

「せ、千林さん。俺……」

「いいから黙って」

周囲からの目が痛く野江は身が縮んだけれど、強張《こわば》る男の顔に気づけばそれ以上はなにも言えない。まもなくタクシーの後部座席に入れられて、続いて乗ってきた千林が「この近くの外科医院へやってください」と指示するのを聞くばかりだ。

ドアが閉じてすぐに車体は動き出し、野江は後方に流れる景色を目に入れながら（あのひとはどうしたかな）と考えた。

防火扉を開ける前にあの青年は起き直って「ぼくじゃないっ、ぼくが悪いんじゃないんだからっ」と金切り声をあげていた。見苦しいと言えば言える、けれども必死の叫び声。しかし千林はそれにはいっさい反応していなかった。まるであの青年など最初からいなかったみたいに。

とっさにあの青年に飛びかかった瞬間から、千林は野江以外はあの場所に存在していないような態度をつらぬいていたのだった。

◇　◇

その日の夕方。野江は病院からタクシーに乗り、自分のアパートまで戻ってきた。

本当はタクシー代がもったいないから電車で帰ろうと思ったのだが、病院につき添ってくれていた千林が頑として車を使うことを譲らず、会計が終わったあとでさっさとタクシーを呼びよせて、運転手に金を渡し、行き先を告げ、野江を乗りこませたのだ。

実際問題、そのころには縫われた手のひらが鈍い疼《うず》きを発しており、服も自分の出血であちこち汚れていたこともあって、車の帰宅はありがたかった。

「あ、野江です。いま自宅に戻りました……はい、怪我《けが》もたいしたことはなく……そうです、月曜日には普通どおりに出社します……はい、心配をおかけしました。それじゃ、月曜日にまた」

部屋のなかに入ってまずは、自分の上司に電話して自宅到着の報告をする。電話の向こうで跡見課長は――こちらはもう片づけだけで人手は足りるし、あとは休み明けに出てきてからぼちぼちな――とこれからおこなう撤収作業は気にするなと言ってくれた。

電話を切って、野江はほっと息をつく。

「みんなに迷惑をかけちゃったな……」

いまは包帯を巻かれている手のひらは十針縫って、全治十日間の診断を下された。結構出血したわりに傷はさほど深くなく、問診のとき頭もぶつけたと申告したら、いちおうレントゲンを撮ってくれて、そちらはなんら問題なかった。

野江は怪我の原因を、診察してくれた担当医師には――展示会の洗浄機を会場裏で調整中に、ミスって破片でやってしまって……はい。鋭い部品を飛ばしたのを、つい手でキャッチしてこんなふうに――とそんなふうに言いわけしたのだ。

そして、診察と治療とが済んでから、千林のほうがどんな弁明を会社にしたかを教えてもらった。

――俺の怪我のこと、みんなにはなんて言ったの？

――僕が持ち場に戻る途中にたまたまきみとぶつかって、手をつかせた床の上に割れたガラスの欠片があったと。

――それ……苦しいよね。

――そうだが、あの時間、あのタイミングで、きみが手に切り傷を作るような理由などないからね。

千林はたまたまと偶然で押しとおしたが、たぶんそれは彼のキャラクターがあればこそだ。彼が真剣な顔つきで弁舌をふるってみせれば、よほどのことがないかぎり根も葉もないとは思われないだろう。

こうしてひとまず言いわけが立ったことで、警察沙汰《ざた》も免れた。

「はあぁ……」

急流に巻きこまれたみたいだったこの数時間をやり過ごし、野江はベッドに尻を落とした。とりあえずスーツの上着を脱ごうとして、

「そうだ。あっちにも」

千林にはアパートの部屋に着いたら、自分のタイミングでかまわないので連絡をするように言われている。電話にしようか少し迷い、結局メッセージのほうにする。

野江は慣れない左手でスマホをぽつぽつ指で押し、どうにかメッセージを書きあげた。

【いま戻ったよ。いろいろとありがとう。もう平気だから心配なしで!】

野江が治療を済ませたあと、千林は展示場に戻らなければならなかったが、彼はずっと顔面を強張らせたままだった。

（あのひとってば、自分のほうが痛そうにしてたよな……）

べつに彼のせいではないのに。

唇を引き結び、青褪《あおざ》めている男の顔を思い出し、野江が胸を痛くしたとき。ポンと音がして、アプリ画面をひらいてみれば、彼からの応答がある。

【無事に帰宅できてよかった。不自由だろうが、今夜はともかくゆっくり休んで】

吹き出しに囲まれた表示を読んで、野江は「うん」と声に出して返事した。そのあとで画面上に返信を書いていく。

【ほんとに俺、大丈夫だよ。飯は冷蔵庫に残りものがあったから。今日は簡単にシャワーを浴びてすぐに眠るね】

さいわい明日は日曜日。一日休めば傷の痛みもいまよりましになるだろう。

「飯は……やめとこ。めんどくさい。シャワーだけでもう寝ちゃえ」

独り暮らしをしていると、独りごとも頻繁になる。

誰も聞いていないので「いてて……」と遠慮なく洩らしながら、服を脱いで、右手をラップで巻くと、ざっとシャワーを浴びて戻った。

「うおぅ、いろいろやりにくい」

身体を洗うのも、バスタオルで濡れた肌を拭《ふ》きあげるのも、ドライヤーで髪の毛を乾かすのも。

「も、いいや。髪はてきとーで」

緊張が解けたことで疲れがどっと出てきたのか、身体がだるくてしかたない。早々に髪を乾かすのは放棄して、野江は「いちち」とこぼしながら、スウェットの上下を身に着けてベッドに転がる。

「おやすみ……」

目を閉じてつぶやきはしたものの、しかしなかなか眠れなかった。肉体は疲れているのに、神経は依然立ったままなのか、いっこうにやすらかな眠りのなかに落ちていけない。

いまは「あのこと」を考えたくないというのに、ベッドのなかに入ったとたん、今日見て聞いた出来事がいっせいに甦る。

——つきあっていたときに、僕はきみとなんの約束もしませんでした。

——ぼくのことを『そうくん』だって、あんなにも可愛がってくれただろっ！

——もういいんです。『そうくん』に似ていようがいなかろうが、どうでもいい。僕はもっと……。

彼らのやりとりからすると、二年半前、ふたりはつきあっていた。そして千林は彼と別れた。つきあっていたときは相手を「あんなにも可愛がって」いたというのに、千林はいまは彼を「どうでもいい」と言いきった。

ようするに、こういうことなのだろうか。

千林は「そうくん」に似た青年を恋人にし、別れたあとでもういいと思ったから完全に相手と切れた。たとえ、そのあいだに相手が恋人を複数つくっていたとしても、未練が消せずにもう一度と願うひとをあんなに冷たく切り捨てた。

「……俺も、そうかな……」

千林は自分を「そうくん」と呼んでいたのだ。つまり、あの青年と自分はなにも変わらない。いや、ただの友達なぶん、千林とはそれ以下の関係だろう。

自分がもしも千林とつきあっていて、なんらかの理由があって別れたあと、あんなにも冷ややかなまなざしで見られたら。自分なんかこの世界に存在すらしていないと完璧《かんぺき》に無視されたら。

ちょっと想像してみただけで息がつまり、喉がひぐ、と音を立てた。

「……あれ?」

どうしてかわからないが、目から滴が溢《あふ》れてきた。

「俺、どしたの?」

思わぬことで怪我をして、ショックを受けて、傷が痛んでしかたがないから。たぶん、それで気持ちが弱ってしまったのだ。

そんなふうに野江は自分に言いわけし、だけどとっくにおのれの心に気がついていた。

「俺……駄目だなあ……」

いつの間にかこんなにも彼を好きになっていた。

千林に恋人がいたことがすごく嫌で、しかも千林が「そうくん」はもういいと思っていて、だったら次には誰か本命の彼氏を作るかもしれないとわかってしまって。

「もう、駄目じゃん……過去と、未来の、あのひとの恋人に焼き餅を焼いてるし……」

麻酔が切れてきた手の傷が本格的に痛みはじめ、それでも野江は病院からもらっていた痛み止めを飲む気がしない。

「やだなあ……痛い」

彼のいちばん近くにいたのは自分じゃなかった。千林はあの青年を可愛がって、一時は誰よりも大切にしていたのだ。

「あったりまえなのになあ」

千林みたいな男に恋人がいなかったはずはない。男だろうと、女だろうと、彼のことを好きになる相手ならいくらでもいただろう。

自分がショックを受けることさえあつかましい。しょせん万年童貞の自分とは違うのだ。

「手のひらが……痛いなあ……っ」

たぶんそのせいで、こんなにも涙が出るのだ。

ベッドのなかで傷ついた獣のように身を丸め、野江はそのあとまんじりともせず夜を明かした。

◇　◇

「……おはよー」

誰もいない部屋のなかで、昨晩眠れていなくても、ベッドを出がけにいちおうはつぶやいた。歯磨きをして、左手だけで顔を洗い、さてどうしようと考える。

いまも手のひらに痛みがあるし、朝飯はコンビニでパンを買って済ませるか。

時計を見れば午前六時。かなり早い時間だけれど店に行けばなにかある。

野江はわざわざ着替え直すのも面倒と、スウェットの上下に、かかとを踏んだスニーカーでアパートの外に出た。

野江の部屋は一階で、ドアを開けてすぐ目につくのは道路向かいのブロック塀と電信柱。

それに……。

「千林さん⁉」

まだ薄青い空気のなかに立っていたのは長身眼鏡の男だった。

「もしかして、家に帰ってなかったの？」

スーツは昨日とおなじもの。目の下にはうっすらと隈がある。憔悴《しょうすい》した千林の姿を見れば胸が潰《つぶ》れるような気がして、野江は夢中で駆け寄った。

「なんでこんなとこ……とりあえず部屋に入って」

「僕をなかに入れてもいいの？」

「なに言って……いいから早く」

千林はいったいいつからここにいたのか。もっと早く気がつけばよかったと、甲斐ないことを思いながら、彼の袖《そで》を引っ張って部屋にあげる。

「きみの手は……」

「もう平気。こんなのはかすり傷だし」

病院で怪我の詳細を聞いている千林に、これは苦しい言いわけだったが、こんなに疲れた様子の彼にこちらのことなど気遣ってほしくない。

「そこ、座ってて。いまコーヒーを淹れるから」

電気ケトルに水を入れようと手を伸ばし、しかしそれを寸前で攫《さら》われる。

「僕がやろう。きみのほうこそ座っていてくれ」

ケトルをあいだに押し問答もためらわれ、野江はおとなしくベッドの前のラグに座る。

「その……撤収作業は無事に終わった？」

黙っているのも気詰まりで、無難な話題を振ってみたが、こちらに背中を向けている男の気配はひどく硬い。

「ああ」

そう言うときも千林はこちらを振り向きはしなかった。

「昨日は家に帰ってないの?」

気になってならなくて、さきほどとおなじ質問を野江は発した。千林はそれには答えず、マグカップふたつぶんのコーヒーを淹れてしまうと、それらを食卓兼用のローテーブルの上に置く。そうして自分は野江の前に膝をつき、

「きみに怪我させてすまなかった」

千林に頭を下げられ、野江はうろたえて腰を浮かせる。

「そんな、いいって。あなたのせいなんかじゃないんだし」

「僕のせいだよ」

しかし彼はきっぱりと言いきった。

「ほんとにそんなじゃないってば。あれは……いちち」

「野江くん!?」

無意識の動作で腕を振り回し、さすがに手のひらに痛みが走る。つい顔をしかめたら、千林が血相変えて「大丈夫かい?」と聞いてきた。

「平気だけど……」

「だけど、なに?」

「会社じゃないのに、『野江くん』なんだ」

呼びかたの違いに気づいて指摘すると、彼はすっと視線を逸らした。

「どの面下げてと思うからね」

その声には強い自嘲《じちょう》と苦みとが感じられる。そうじゃないと思ってほしくて野江が言葉を探すうちに、千林は「それはともかく」と顔を戻した。

「昨日のことは本当に悪かった。あんなことはもう二度とないようにしたつもりだ」

「え。ないようにって……じゃあもしかしてそのために、昨日は寝ないでいろいろと動いてた？」

「きみも眠れなかったのか？　目が赤くなっている」

手を伸ばしかけ、途中でとめて、その指を握りこむ。野江はその仕草を寂しいものに感じながら、無理して笑みをつくってみせた。

「もう千林さん。質問に質問で返すのってずるいんだけど」

言って、野江は視線を逸らして、うつむいた。

「あのね、千林さん」

「なに？」

「あのひとと、あれから会ったの？」

知りたくて我慢できずにたずねてみたら、意外なことに彼は「いいや」と否定の仕草をしてみせる。

「え、でも」

だったらどうやって――もう二度とないように――牽制《けんせい》をかけたのか。

不思議に思って銀縁眼鏡の男を見たら、彼は力ない微笑を返した。

「元々弁護士に相談していたからね。彼を通じて相手方と正式に交渉したんだ」

「交渉って……いったいどんな？」

「昨日の件を警察沙汰にしない代わりに、今後いっさいきみに接触することを禁じさせた」

これは民事だが法的な効力はあるからと千林が言う。

「僕は二度とこのこと絡みできみに怪我をさせるような真似はしない。外傷の治療費はもちろんだが、精神的なケアが必要なら――」

「ちょ、ちょっと待って」

そういうことじゃないんだと、泡を食って千林の袖を摑む。

「責任感じているってのはわかるけど、俺がしてほしいのはべつのことだよ」

「べつの、とは？」

「俺に教えてほしいだけ。あなたが、その、好きだったひとに対してあんなに冷たい態度を取るはずはないと思うし」

野江はこのひと晩、眠れないまま考えたのだ。

千林はかつて恋人にしていた相手に、あれほど冷ややかに当たれるものなのだろうかと。

恐ろしく頭がいいぶん、確かにクールな割り切りもできるだろうが、ここ最近千林と頻繁にかかわるようになってから、野江はつくづく実感したことがある。

千林は自分の感情を抑えるのは得意だが、じつはかなり情が深い男じゃないかと。

その彼が何年か前とはいえ、一度は愛した人間をああも完璧に無視できるものだろうか。

そう思ったとき、野江の胸になんともいえない違和感が湧き起こった。

なにかが変だ。千林はつきあっていた恋人を自分のなかにどう位置づけているのだろう？

「だって、おかしいだろう？　あなたはこんなにもやさしい性分のひとなのに」

千林は野江に怪我をさせたのを猛烈に悔やんだから、こうして寝もせず奔走《ほんそう》し、こちらのことが心配で家に帰ることもできずにアパート前に立っていたのだ。

そんなひとが変じゃないかと、野江が目の前の疲れた男に視線を向けたら、彼は眸を翳《かげ》らせたまま野江を見返し、口元だけで微笑んだ。

「やさしいのは僕じゃなくてきみだけどね。怪我をさせられて怒りもせずに僕の事情を知りたいなんて」

そう前置きして、千林は言葉を続ける。

「あの男とは僕が証券会社に勤めていたころつきあっていた。『そうくん』に似ていたような気がしたから、声をかけられてそのままつきあうことにしたんだ」

「声をかけられて？」

「ようするにそういうのが普通の場所で」

つまり……男同士でナンパもありの場所だろうか?

千林がそんなところに行くなんてちょっと想像もつかないが、野江の知らないことだってきっとたくさんあるのだろう。

「じゃあ、それからずっと?」

「半年くらいは」

「だったら、そもそもはあちらのほうがあなたのことを気に入って、つきあいたいって言ったんだよね」

「そうなるね」

「だったら、えと、どうしてそのひとが自分から別れるって……」

さすがに詮索しすぎかとためらいがちの質問に、しかし千林は淡々と返事する。

「僕が証券会社を辞めて、工場勤務に変わると言ったら、そんなのは格好悪いから嫌だってことだったかな」

「え。たったそれだけの理由から……?」

「たぶんそのことが決定打になったんだろう。それ以前にもいろいろと破綻《はたん》が生じていたかられ」

彼の言う「いろいろ」の中身を野江は想像してみる。

たとえばどんなことだろう？　確かあの青年が言っていたのは……。

「酒とクスリは別れる前からやっていた、とか？」

推測で野江が聞くと、相手をあげつらう気分ではないのだろう、千林は表情を晦《くら》ませて否定も肯定もしなかった。

「僕のほうにも問題があったんだ。いくら『そうくん』と呼んでもいいと言ったからって、見ず知らずの他人の面影を重ねられれば、いい加減相手のほうも不愉快になってくる。僕の勝手な思いこみにつきあわされて、いい迷惑だと最後のほうは言っていたから」

「でもっ。そんなのは片っぽだけのせいじゃないよ。だって、あのひと――あんなにも可愛がってくれただろっ――て言ってたもの。あなたから甘やかされて、いいことだってあったはずだ。なにもかもがあなたの責任じゃないんだし」

ムキになって野江は言ったが、彼は「そうだね」と賛同はしなかった。野江に巻かれた包帯をちらと見て、表情を固くする。

「僕の勝手なこだわりがめぐりめぐってきみを傷つける結果になった。それについてはすべてが僕の責任だ」

「それはっ、でも……っ」

言いさして、野江は唇を噛み締めた。

自分の判断で相手に飛びつき、うかつにもナイフの刃を握りこんで怪我したのは、あきらかにこちらのミスだ。

しかしそんなことを言って、千林は果たして納得するだろうか？　自分がどう言い張っても弁の立つ相手をうまく説得するほどの自信がなく、代わりに野江は昨日の晩から見えていたことを彼にたずねた。

「そのこだわりって……『そうくん』のことだよね。その子とはいつどこで知り合ったの？」

さりげなく切り出してみたものの、言ったとたんに動悸《どうき》がしはじめ、傷口に疼きが生じる。痛みに目を眇め、しかしその表情を見られたくなくてうつむくと、つむじのあたりに静かな声が降ってきた。

「あの子は僕が都内の病院にいるときに見かけたんだ。十四歳くらいのときかな。僕よりは何歳か下のようで、腕と脚とがすらっと長く、栗色の髪をして、目がぱっちりした可愛い子だった」

なんとも言えない複雑な心情をしたたかに味わいながら、野江は「ふうん……」とつぶやいた。

「彼は母親から『そうくん』と呼ばれていてね、歳のわりには大人びた感じの、すごく頑張り屋な子だったよ。だいたいいつも夕方の、五時過ぎくらいの時間に来て、裏庭の隅のほうで彼の母親と妹とが出てくるのを待っていた」

なんとなく、どこかで聞いた話だなあ……そう思いつつ野江は話の続きを待った。

「その子の妹は四、五歳くらいだったのかな。母親は病院に併設された保育所にちいさな娘を預けていたんだ。仕事終わりの母親はすごく疲れた顔をしていて、お兄ちゃんであるその子のほうがしきりと妹をなだめたり励ましたりして、一生懸命歩かせていた」

なんだかますますおぼえがあるような気がしてならない。

野江がちらっと千林の顔を見ると、このときばかりは記憶のなかのその子を慈しむような柔和な表情になっていた。

「まだちいさい妹はしょっちゅうぐずり泣きをして、その子は彼女を励ますためにこんなことを言っていた――いつでも笑っているきみが好きだ。元気なきみが最高だ。だからつらくても負けちゃ駄目だ。俺はいつもきみを見ている――それを聞くと、僕も一緒に励まされる気分になってね。いつも遠くから見ているだけの僕だけれど、その子とはいつも心の繋がりがあるような気がしていた」

このころには野江の心臓がコトコトからドカドカにリズムを変えて鳴っている。

その台詞、そのシチュエーション、なにかものすごっく、記憶のなかにあるのだが。

「……あの。つかぬことを伺いますが」

「うん?」

「入院中の千林さんなんだけど、どんな状況、っていうか格好で『そうくん』を見ていたの？」

　おそるおそるたずねてみたら、これがもう予想どおりの返答だった。

「そうだね。庭であの子を見ていたときは、たいていは車椅子に乗っていたかな。膝には毛布をかけて、薬のせいでずいぶん顔がむくんでいたから、いまとは感じがかなり違うよ」

　うわあ、ビンゴ！　どんぴしゃり。これはもう間違いない。

　その「そうくん」は俺のことだ！

　目の前がくらくらする感覚をおぼえながら、野江はさらに問いかけた。

「……で、そのあとはどうなったの？」

「一度きちんと話をしてみたいような、それともこのまま遠くから見守っていたいような。そんなふうに迷っているうちに、僕の病状が悪化してね。アメリカで手術をすれば治るかもしれないと聞かされて、僕は生きてまたその子に会いたいと思ったんだ」

　それはまったく知らなかった。千林がアメリカに転院するのとほぼ同時期に、野江の母親がかけ持ちパートを辞めたのだろう。千林はその事情を知らぬまま、「そうくん」にまた会いたいと大きな手術に踏みきった。

　ということは、この千林にそんな大きな決心をさせたのが、子供のころの自分だった……？

　驚愕の事実の連打に声も出ない野江の前で、彼はまた静かな調子で言葉を継いだ。

「手術は成功して、だけど経過観察の期間もあるから、僕はハイスクールを卒業するまでアメリカで暮らすことになったんだ。術後の経過は順調で、僕はやがて健康になったけれど、アメリカと日本では『そうくん』に会いに行くことはできなくて……だけどきっといつの日か会える気はしていたよ」

「……どうして？」

「なんだろうね、理由はないけれどいつか必ず再会できる気がしていたんだ。楽観的な考えかもしれないが、運よく命も拾ったし、きっとそのうち出会えるんじゃないかって」

「だけど……だったら、どうして『そうくん』じゃなく、『そうくん』に似た相手とつきあったの？」

野江が疑問を口にすると、彼はまいったというふうに眉を寄せて視線を下げた。

「そこは僕の弱さでね」

追い詰める気はないのだが、どうしても知りたくて「つまり……？」と聞いてみる。千林はいったん唇を引き結んでから、ゆっくりとそれをひらいた。

「アメリカから日本に戻ると、さすがに運まかせにはしていられない気持ちになって、思いきって僕のいた病院に問い合わせをしてみたんだ。だけど、その子の母親はとっくにパートを辞めていたし、調理補助をしていたという会社は潰れ、併設されていた保育所もおなじくべつの外部サービスに変わっていた」

千林が自分のことを日本に戻ってきたときに探してくれた。中学、高校と多感な時期をアメリカで過ごしたのに、千林は「そうくん」を少しも忘れていなかったのだ。

そのことはうれしくて……でも、常識的に考えればずいぶんな執着ぶりのようにも思える。

「手がかりがなくなって、あきらめようとは思わなかった？」

「いや。だけど、いつか会えるという確信が薄れたのは本当だった。彼がどこにいるのかもわからないし、何年も経っていてそれ以上は探しようもなかったからね。それで……」

「それで？」

「大人になった『そうくん』はこんなかなと思える子と誘われるままつきあった」

われながら質の悪い代償行為だと彼は言う。

「つきあう相手をべたべたに甘やかして、言うことはなんでも聞いて……だけど、僕がいつまでもその子たちを『そうくん』と呼ぶからね、そのうち怒るか呆れるかして全員が去っていった」

だったら「そうくん」の身代わりは複数いたのだ。しかも、つきあっていたその子たちが多少なりとも好きだというわけではなく、最初から最後まで代用品の役割のまま？

「千林さん……ちょっとそれって最悪かも」

「ああ。そこはいっさい否定できない」

千林は悪びれず……いや、悪びれてはいるようだ。どこかが痛んでいるかのように眼鏡の奥の目を眇め、まなざしを伏せたから。

「あの、さ」

じつはその「そうくん」が自分だと明かしたほうがいいのだろうか?

「なに?」

「う、ううん……なんでも」

迷いつつ言いかけて、結局野江はやめにする。

もしも野江が彼に事実を告げた場合にどうなるかを考えたのだ。

じつは俺が「そうくん」だったと野江が告げる↓千林は驚くかよろこぶかする↓だけど「そうくん」は怪我をしている↓その原因は「そうくん」の身代わりにしていた男↓千林はそれに気づかざるを得ない。

ここに至って、野江は内心で無理無理と首を振る。この件でもう充分に負い目を感じている千林にこれを言うのは酷すぎる。

「どうしたの?」

野江が黙りこくっていると、千林が心配そうに聞いてくる。

「傷の痛みがひどくなった?」

「あっ、そ、そうっ」

投げられた問いかけを浮き輪とばかりに全力で掴まって、それからきつく眉根を寄せた相手の表情に気がついた。

「ちがっ、じゃなくて……っ」

舌をもつらせて言ったとき、腹の虫がぐうっと鳴った。

野江は（これだ）と次の浮き輪にしがみつく。

「俺、腹減って。そういや朝飯もまだだった」

「じゃあ、なにか買ってこよう」

「あっ、いいよっ。俺が行く」

すでに昨日から治療費だのタクシー代だのと払わせて、このうえなにか買わせては申しわけない。

「ついでにあなたのも買ってくるよ。なにか欲しいものはない？」

しかし千林は承知せず、そのあとは「いや僕が」「いいや俺が」の言い合いになり、結局野江がこの件の落着点を見出《みいだ》した。

「だったら一緒に買いに行こう。それで支払いは割り勘で、荷物はあなたが持ってくれる」

そんなのでどうかな、と野江が聞き、ようやく千林は見おぼえのある苦笑を浮かべてうなずいたのだ。

「んじゃ、行こっか」

ふたりで連れだって部屋を出ながら、野江はいま聞いた現実を嚙み締める。

あのときおぼえた違和感の正体がこれでわかった。

だから千林は自分に復縁を迫った男にあんなにも冷ややかな態度をしてみせていたのだ。

あの青年を千林は愛してはいなかった。ただ「そうくん」の身代わりが欲しかっただけ。

相手にはたぶんそれを隠しもしなかっただろうから、ある意味フェアではあっただろうけど……いつかは好きになってくれると思っていたなら。

（やっぱりこのひと、人誑《ひとたら》しで性悪だよなあ）

しかも「そうくん」のはしごまでして、どれだけの執着ぶりだよと思ったら、正直引き気味になるけれど……。

だけど、どうしても野江は千林を嫌いになれない。

それはたとえ過去のいきさつはどうであれ、自分にとっての千林は、たったいま隣を歩くこの彼がすべてだからだ。

ともに働いてきた職場でのあれこれ、彼の祖母についてのこと、オフのときに過ごした時間、そうした出来事をすべて引っくるめての彼自身が好きなのだ。

「野江くん？」

いつの間にか考えに気を取られて歩みが遅くなっていた。気がかりを含ませた男の声に「あっ、ごめん」と反射で応じ、それから不満を滲ませて相手を睨《にら》む。

「野江くんだと会社にいるみたいなんだけど？」

「いや、しかし」

「名前を呼んでくれないと、休みって気がしない」

ためらう男にもうひと押ししてみたら、困ったふうに肩を下げ、それでも彼は「奏太くん」と呼んでくれた。

「うん、千林さん。俺、パンだけじゃなくおにぎりも食べよかな。あと、なんかおかずになるやつ」

◇　◇

「はい。あーんして」

「いや、いやいやっ」

「いいから、ほら」

差し出されたスプーンを目の前に、野江は絶体絶命の窮地にある。

そもそもこんなつもりではなかったのだ。コンビニで買い物をして、荷物を持ってもらったのは野江の怪我に負い目を感じる千林へのいわば気配り。なにも傷が治るまで面倒を見てくれと言ったわけでは決してない。なのに、千林はあれから夜に至るまで、野江をべたべたに甘やかす。

「いやほんと、自分で食べるし」

千林がどこかの店から届けさせたビーフシチューは、思わず唾《つば》が湧くような美味しそうな匂いだが、赤ちゃんみたいに食べさせてもらうとなれば話はべつだ。いちおう成人男性のプライドはあるのだし、左手で食べるくらいのことはできる。

「スプーンを貸してくれれば」

「……僕はきみにすまないと思ってるんだ」

伏せがちにした長いまつ毛が、眼鏡の向こうの彼の眸に翳を落とす。

「僕のせいで怪我をして、そんなきみに少しでもなにかできることはないかと」

「いやもう充分……」

「せめて抜糸が済むまでは、僕に世話させてもらえないか。そうでなければ罪の意識で夜も寝られなくなってしまう」

「……あ……じゃあ、抜糸が済むまで」

「ああ、ありがとう」

にっこり笑んだ千林が、あらためてスプーンを突き出してくる。

「では、口開けて」

わかってます。ちょろいです。自分は本当にこのひとに弱いです。

ごくちいさな子供みたいに「あーん」と口を大きく開けて、そのなかに食べ物を入れてもらう。

旨《うま》い。ちょうどいい温度に冷ましたビーフシチューは、濃厚な美味しさで、肉は軽く噛んだだけで口のなかでほどけていく。

「どう？」

「ん。ブラウンソースはコクがあって、ビーフはとろとろのうまうまだ」

「食べられそう？　気に入った？」

「うん」

「じゃあ、もっとどうぞ」

恥ずかしいけれど、べつに誰も見ていないしと自分自身に言いわけして、彼から食事をあたえられるまま咀嚼《そしゃく》する。つけ合わせにはポテトサラダと、やわらかな白パン。そして、飲み物は香りがよくてさっぱりとした味わいのほうじ茶を。

さすがにほうじ茶は自分で飲ませてもらったが……よく考えればコップとスプーンを同時に持つわけじゃなく、やっぱり自分で食べたほうが。

「ねえ、千林さん」

「ん、なに？」

こちらを見ている男の口調がすごく甘い。はわっと頬が熱くなりつつ、さっき自分で思ったことを言ってみた。聞き終えて千林はうなずき、しかし。

「そうだね。でも、駄目」

「どうして?」

「これが僕の自己満足なのはわかっているんだ。だけど、きみにはなにかせずにはいられない。きみにとっては迷惑なのかもしれないが、ぜひそうさせてほしいんだ」

まるで、かき口説《くど》くみたいな調子と、真剣に見つめてくる彼のまなざし。思わず目を伏せ、どこかがむずむずしてたまらない心地《ここち》になりつつ、野江はごくごくちいさな声音で「……わかったよ」と言ってしまった。

「べつに迷惑、なんかじゃないし」

「迷惑じゃない? むしろうれしい?」

「……そこまでは言ってない」

駄目だ、このひとはひとつ許せば、百ほど入りこんでくる。わかっていて、なのにどんどん流される。

「熱くない、大丈夫?」

「ん……」

「ほら、ここにソースがついてる」

綺麗なハンカチで口の脇にはみ出していたシチューのソースを拭《ぬぐ》われる。汚れるからもったいないと言ったのに、そのためのハンカチだよと、これまた極上の笑みをくれた。

「……あのさあ、千林さん」

「なに？」

「あのひとにも……ううん、なんでも」

展示場のナイフ男、「そうくん」似のあの青年にも、こんなふうにやさしい態度でいたのだろうか？　それはもちろん可愛がってくれたと言うし、十中、八、九、そうに決まっているはずなのだが。

野江はなんとなくすっきりしない気分で聞きかけ、しかし知りたくない想いも湧いて、中途半端に言いやめた。千林はパンをちぎって野江のほうに差し出しながら、

「あの子にはこんなことはしなかったよ」

問わないのに答えが来て、野江の口がぱかっとひらいた。そこにパンを入れてから、彼はゆっくり指を引き抜く。その折に野江の唇を撓《たわ》めるように指が通過していくから、おぼえず背筋が震えてしまった。

「あの子ときみとでは欲しがるものが違うからね」

野江の反応を知ってか知らずか、千林は平坦な響きを耳に吹きこんでくる。

「あの子が僕に求めていたのは、好きなものを買わせることと、友人たちに自慢できる店や旅行に連れていってもらうことだ――そうじゃなければ『そうくん』なんてダサい名前で呼ばせるのはお断り――って、僕に直接言ったからね」

ええー、「そうくん」はダサいのか……と野江は一瞬ショックを受け、いやいやそこが問題じゃないだろうと自分自身に突っこんだ。

つまり、千林は疑似「そうくん」とそのような交際をしていたわけだ。

「ふうん、へえー、そうなんだ？」

相当に面白くない気分のまま、皮肉交じりに睨んでやる。

「そんなことを言う相手と、それと知っててつきあうなんて、千林さん趣味悪い」

「まったくそのとおり。弁解の余地もないね」

本気で困っている顔で、彼はちいさく肩をすくめた。

「証券会社に勤めていたころ、僕はろくな男じゃなかった。いつも冷めていて、ひとの気持ちを先取りしては、自分に有利なように使う、そんな人間だったから。いまもさしてそれは変わっていないと思うが」

「でも……あなたはそんなひとじゃないよ。だって、こんなにもやさしくて」

「それはきみが特別なひとだからだ」

野江は例外中の例外。当然のことのように千林は言ってのける。

「僕が他人にあげられるのは、基本そうした物質面だけなんだ。もともと干乾《ひから》びて、枯れきった感性しかないからね」

「だけど」

「本当だよ。手術をして健康にはなったけれど、僕には特にしたいことが見つからなかった。『そうくん』は日本にいて、会いに行くことはできなかったし、まわりからどんな賞賛を浴びたとしても、僕は自分が病気のときの扱いをおぼえているしね」

薬のせいで顔はむくみ、車椅子に乗っての移動がせいぜいの病気の子供。祖母以外見舞いに来る者もない孤独な少年。

そのころの千林がどんな心境だったかを想像したら、野江の胸に鋭い痛みが走っていった。

「クラスメイトや大人に対して外面を取りつくろうのは簡単だったが、僕がつくった壁のなかに他人は入ってほしくなかった。それで、日本に帰ってきて、『そうくん』に会える手だてがないとわかって……あのあとがいちばん荒《すさ》んだ時期だったかな」

「だから、そのころに『そうくん』に似たいろんなひととつきあった？」

「ああ。本心では誰も『そうくん』の代わりにならないと気づいていて、ろくでもないことをたくさんした。そのせいで……」

そこで千林は野江の右手に視線を注いだ。それから頬を歪《ゆが》めながら目を伏せる。

「あのね、千林さん」

野江は背筋を伸ばし、強いまなざしを彼に向けた。

「そのせいで、罰が当たったとか思ってるなら、それはぜんぜん違うからね」

ふいに胸をつかれでもしたように、千林が顎をあげる。

「あれは俺が自分から飛びこんで、うっかりナイフの刃のほうを摑んだから起こったことだ。たぶん俺が行かなくても、あなたはちゃんと彼を退けられただろうし、事前に弁護士に相談もしていたわけで……そんなときに考えなしに俺が飛びついたから、かえっておおごとにしてしまった自覚はある」

「そんな、それはない。あのときさみは僕のために」

「うん。でもね、俺もほんとに悪かったんだ。だからこれで五分五分にしとかない？　もう充分にやさしくしてもらったし、なんか俺も……赤ちゃん扱いされてしまって、それは恥ずかしかったけど、あなたに世話されていい気分だったからつい調子に乗っちゃった」

へへ、と肩をすぼめて笑ってみせると、頭の上にいきなり手が乗ってきた。

「……あの……千林さん？」

わっしゃわっしゃと癖っ毛を搔きまぜられて、野江は閉口して亀の子みたいに首をすくめる。

「きみがそんなだから、僕は……」

「うん？」

猛烈に頭を撫でられているせいで、なにを言ったか聞こえなかった。千林は野江の頭を台風直後の野原のようにさせてから、なにやら見たこともない悪い笑みをこちらに向ける。

「きみの怪我がよくなるまでは、僕は食事の世話だけじゃなく、生活全般の面倒を見るからね。風呂も、着替えも、会社への送り迎えも」

「はい？」

「ああ、食事が途中だったのに、すまなかったね。少し温め直そうか？」

◇　◇

「あの……千林さん、前に俺が言ったことを聞いてましたか？」

野江のこの台詞は哀しいことに完全にスルーされた。あれ以後の食事については野江が必死に抵抗したから「お口あーん」はなんとか免れはしたものの、風呂はそうはいかなかった。

「利き手を使わずに服の脱ぎ着は無理だろう？」

「いや、大丈夫で……ちょ、わ、わ……っ」

左のほうからジャージの袖を脱がされて、あせるうちに右手を残して頭も抜ける。

「暴れちゃ駄目だよ、傷に障る」

「で、でもっ」

「野江くん」

ぴしりと言われ、野江は反射で気をつけの姿勢になった。

「きみの迷惑をかけたくないという気持ちは重々わかります。しかし、いまはできることとできないことがあるんです。自分の現状を鑑《かんが》みて、他者の手を受け容れるのもこの場合には必要ですよ」

「あ、はいっ」

ビジネスモードで説かれたら、とっさに従うサラリーマンの哀しさよ。

野江は疑問を頭の隅に残しつつも、素直に服を脱がされていく。スウェットの上下が身から離れていき……しかし、やはり最後の砦《とりで》、パンツについてはそう簡単に明け渡したくないのである。

「こっ、これはですね」

「自分で脱ぐ?」

「脱ぎます脱ぎます」

千林に脱がされるより、自分でするほうが数段ましだ。そう考えて、彼に背を向け、えいっとばかりに下着を取り去る。風呂は沸かしてもらっていたので、そそくさと浴室に入っていき、しかしなぜか千林までついてきた。

「えっあの」

「右手を出して。そのままじゃ濡れてしまう」

彼は昼間独りで買い物に行った際、使い捨てのビニール手袋を購入したようだった。それをはめさせ、手首のところはラップを巻きつけ湯が入らないよう隙間を塞ぐ。

そのことに関しては大変ありがたく思うのだが、なにしろこちらは裸であり、千林はシャツの袖口と、スラックスの裾をまくっただけの姿だ。

「そんなに丸くならなくても」

「無理……」

野江はとっさに床の上にしゃがみこみ、腕だけを彼のほうに差し出している。

こんちくしょうめ、ついほんの一日前に好きだと自覚したばかりの相手から、こんなサービスは心臓に悪すぎる。

さっきの「はい、あーん」はあくまでも看護だと自分に言い聞かせができたけれど、これはもうなんともごまかしようがない。いくら男同士でも、好きな相手の目の前に自分だけ裸を晒す勇気など、どこを探しても見つからなかった。

「大丈夫。きみは怪我人、僕は手助けをするひとだ。なにも問題ないからね」

「いや、だけど」

「どうしても恥ずかしいなら、腰にタオルを巻いてあげるよ」

「あっ、ぜひぜひそれを」

お願いしますと頼みこんで、千林が脱衣所から取ってきたタオルを腰に巻いてもらう。ちらっとだけは最初からそうしてくれればと思ったけれど、安心感が結局それをうやむやにしてしまった。

シャワーを浴びて、湯船に浸かると、千林が「ああしまったな。シャンプーハットも買っておけばよかったね」と残念そうに言ってくる。

「それ、たぶん子供用ので、サイズが合わないと思いマス」

「なるほど」

気のせいかもしれないが、千林はうきうきした調子のような……？　まさかと思って、そちらを見やると、彼はごく真面目な顔で問いかける。

「湯船に浸かって、傷口は痛まない？」

「まったく」

血行がよくなっているせいか、多少は疼く感じがするが、我慢できないほどではない。

「昨日の今日で、あまり長湯はよくないね。きみの身体が温まったら、頭と身体を洗ってあがろう」

心配そうなその表情と口調どおり、千林はタオルに隠された部分だけは野江にまかせ、自分はそれ以外をやさしく丁寧に洗いあげた。今朝はいちおう不自由な手で雑にシャワーを使っていたが、こうして器用な男の手で頭髪を洗ってもらうと、気持ちよさにため息が出る。

「もう一度湯船に浸かれる？」

「うん、平気」

「肩まで浸かって、十数えたらあがろうか」

千林は野江をよくからかうし、そのせいで赤くなったり憤慨したりしてみせると、面白そうにするのだが、肝心のところでは真摯でやさしい。だから野江は照れたり怒ったりしながらも、彼の横ではくつろげるし、一生懸命あとを追っかけてもいけるのだ。

こういうところも好きだなあと、野江がしみじみと思ううちにも、千林はとてもこまめにこちらの世話をしてくれる。必要以上に野江が恥ずかしがらないように、さりげなく気遣いつつ身体を拭き、着替えを手伝い、髪にドライヤーを当ててくれ、まもなく野江は千林が包みを剝いたアイス棒を手に持って、すっかりリフレッシュされた気分になっていた。

「明日は会社だし、僕はそろそろ失礼するよ」

そのアイスも食べ終えたころ、千林がそう言ってくる。

「あ。今日はありがとうございました。本当に助かりました」

野江がラグに座り直してお辞儀をすると、千林が唇をほころばせた。

「あらたまって礼なんかいらないよ。僕がそうしたくてしているだけだし」

「でもほんと、休みの日を潰してしまってごめんなさい。明日は、あの、自分で会社に行けるから」

「…………」

「俺のバッグはリュックだし、バスに乗るから大丈夫。小銭は用意しておくし、間に合うように起きられる。冷蔵庫にはあなたが買ってきてくれた食料品がどっさりあるし、もうなにも心配ないので」

さっきから頭のなかで用意していた台詞を述べて、どうだと野江は胸を張る。

自分は立派な社会人で、少々怪我をしたからって子供のように送り迎えは必要ない。

さあ反論はと、野江は身がまえる心地になって、目の前の男を見あげる。と、ふっと視界に影が差した。

（えっ）

気づいたときには唇が塞がれている。無意識に動かした右腕は肘のところを押さえられ、どんなコツがあるのだか強い力を感じないのにびくともしない。

「ん……ふぅ……っ、ん」

ひらいた口から入りこんできた舌は、ねっとりと野江の口腔《こうこう》を這い回る。

濡れた塊で頬の裏側の粘膜をくまなく探られ、撫でられたあと、犬歯のところを何度も舌先がいじってくる。

「あふ……ん、あ……っ」

執拗《しつよう》なくらいにそこばかり舐めてくるから、どうしてと身をよじってみるけれど、濃厚なキスを受けている自分の動きは頼りないものでしかない。

「……ここが僕は好きなんだ。わんこみたいで可愛いからね」

好きなだけディープなキスを貪《むさぼ》ったあと、千林が指でもその部分をさわってくる。

ひとさし指で唇をめくられて、その隣の指の腹で尖った歯先を擦る仕草は、彼が発する艶めかしい気配もあって、ものすごくいやらしかった。

真っ赤になってすぐには言葉も出てこない野江を眺め、千林は今度は耳たぶにキスをしながら、

「また明日。迎えに来るから」

そうささやいて、右肘から手を離し、おもむろに腰をあげた。

「おやすみ、奏太くん。もし夜になにかあったら、すぐに連絡をよこしてくれるね？」

言い置くと、千林は野江の返事を待たないで部屋から消えた。

「……あ、あの……」

ぱくぱくと口を開閉させてから、もういない千林に野江は茫然と話しかける。

「僕は好きって……俺の犬歯が……？」

そのすぐあとにからかいの台詞があって、つまりはいつもとおなじ調子かもしれないが
……。

でも違う、違ってしまった。少なくとも、野江のほうは。

自分はもう彼のことを友達とは思えない。今夜のキスが行きすぎた親愛の表れではない証拠に、野江の中心は昂《たかぶ》りを見せていたのだ。たぶん千林はそのことに気づいていて、けれどもなにも言わなかった。

それはようするに、野江とは友達の関係を崩したくないからか？

たぶん誰にも明かさなかっただろう彼の過去のあれこれを、野江には正直に教えてくれて、あんなに色っぽいキスもしてくるけれど、友達以上の間柄にはなりたくない？

「……わからないよ」

千林は野江よりずっと複雑な思考回路の持ち主だ。人誑しで、性悪で、自分が見せたい自分だけを相手に見せることができる。そんな男が本当はどう考えているかなんて、野江には見当もつかないのだ。

すっかり混乱しきってしまい、野江は茫然とベッドの上に腰かける。そうしてふと見れば、枕元《まくらもと》にはキャップを開けてあるペットボトルの水があり、充電コンセントには差しこみ済みの野江のスマホが。

いまだ千林の気遣いが残る部屋を見渡して、野江は（もしかして）と思うともなく思いを馳せた。

彼は自分より臆病で――あるいは臆病というその言葉が正しくないなら――なにかをためらっているのかもしれない。だから、あえていろいろな出来事をスルーしている？

もちろん、そのなにかの正体は野江には知りようもなかったし、そう思ったこと自体、勘違いの可能性が大いに高かったのだけれど。

ばならない。
野江の煩悶《はんもん》はともかくも、朝になれば月曜日がやってきて、となれば当然会社に出社せね
千林は野江の辞退は聞かなかったことにして、アパート前に車を停めて待っていた。
こうして迎えに来られたからには、絶対に乗りませんと押しきるのも感じが悪いし、どの
みちあれこれと言いくるめられるのは必定である。やむなく野江は千林とペア出社を果たし、
身を縮ませつつ生産企画課に入っていった。

◇　◇

「野江、どうだ。怪我のほうは」

ふたりを見るなり、跡見課長が席を立つ。

「もう平気です。ご迷惑をおかけしました」

やってきた課長の前で頭を下げると、野江の手に巻かれている包帯を目にとどめ、相手は
憂慮を滲ませながら言ってくる。

「その手、十針も縫ったんだろう?　当分は無理せずにやってくれよ」

「あ、はい。だけど、ほんとにたいした傷じゃなかったので。十日ほどで治りますから」

「じゃあ、それまではぼちぼちな」

跡見課長が野江の肩を軽く叩き、そのあと千林のほうを見る。

「もしよかったら、きみが当分野江くんを助けてやってくれないか。出先仕事やなんやかやで、一緒に行動する機会も多いし」

「了解しました」

涼やかな彼の返事に、野江は（あ）と目を見ひらいた。課長が千林に手助けを依頼したということは……。

「僕が彼に傷を負わせた原因ですし。当然、野江くんの傷が完治するまでは、僕がサポートをするつもりでいましたので」

「おお、そうか。頼むわな」

元々コンビで仕事をしていたこともあり、課長はあっさり千林の発言を受け容れた。これで野江はおおやけにも彼の助力を得られるようになったわけだ。

つまり、千林は――絶対にやらないでほしいと思うが――この会社内でも、食事の世話から、服の脱ぎ着まで手伝えるということで……。

「それでは野江くん、展示会で集めた名刺を読み取りソフトでデータ化してもらえますか」

どうしようかとあせっていたら、思いのほか千林がまともな指示を出してくる。

「利き手が不自由で大変かと思いますが、今日は一日その仕事をお願いします」

言葉とともにくり出してくるまなざしには言外の含みがあり、野江はそれに気づいてしまった。

ようするに千林は、今日は丸一日かけて簡単な書類仕事をするように、いやむしろそれ以外はさせる気がないのだと言っているのだ。

一瞬文句をつけようかと考えて、野江はしかしいやいやと考え直す。野江のほうでは仕事をもっとデスクワークをしていろという千林の命令はもっともだ。野江のほうでは仕事をもっとばばりばりとこなしたい気持ちはあれど、実際問題この手ではどのみち思うにまかせない。

「わかりました。すみません」

「あやまらなくてもいいんですよ。きみが不慮の怪我をしたのは、僕に責任があるんですから。名刺の箱を持ってきますから、きみは座って待っててください」

どうすることもできない野江は、千林の気遣いに感謝しつつ、それでもなんとなく面映ゆいというか、落ち着かない気分で席に座ったのだが――その数時間後には、面映ゆいどころかとんでもない気分を味わわされる羽目になった。

「千林さん、あの、俺は自分で取ってきますよ」

「いいんですよ。落としたら大変ですし」

昼休み、さいたま工場のみんなが集まっている食堂で、千林はあれこれと野江の世話をしてくれる。

いつも隣に座っている水岡と席をチェンジした千林は、野江の料理を取ってきてくれ、湯《ゆ》呑《の》みに茶を汲み、割り箸まで割ってくれるというサービスぶり。

誰かの面倒を甲斐甲斐しく見まくる千林というものは、よほどめずらしい光景なのか、好奇の視線が矢のように刺さってくる。しかも通りすがりに二度見する人間も少なくないところから、あらためてこの会社での千林がどれほど括淡《てんたん》とした印象であったかを嫌というほど思い知った。

「千林さん」

「なんですか?」

「もしかして、明日もこれを?」

「もちろんですよ。課長も許可してくれましたしね。きみの具合が完全によくなるまで、傍についていますから」

甘く微笑む千林も、たぶんめったにお目にかからない代物だろう。自分がもしもこれをまったくの部外者として眺めたら、きっとものすごく驚いていたはずだ。

「千林さん」

「なんでしょう?」

「醤油差しを取ってくれるのはありがたいと思うんですが、豆腐にかけてくれるまではいいですよ」

「ああ、すみません。少し量が多かったみたいですね」

「いや、そうじゃなく……」

これに似たやりとりは、恐るべきことに野江が抜糸を済ませるまでくり返された。

しかしながら慣れというのは怖いもので、この食堂の光景もこの週の終わりごろには次第に普通となりつつあり、通りすがりのひとたちはちらりと見てそれでおしまいの状態に変わっている。いまだに慣れないのは野江ばかりで、しかも千林からのいたれりつくせりは会社のことだけにとどまらないからなおさらだった。

「もうどこも洗い残したところはない？」

「うん……ありがとう」

あれから千林は毎晩野江の部屋に来る。食事を作り、風呂を沸かし、洗濯までしてくれるのだ。さすがに自分のパンツを洗って干させるのはメンタル的に耐えられないので、千林が帰ってからこそこそ洗っているのだが、洗髪と身体洗いは継続中だ。

ヒト対ヒトだと思うから、意識しまくってしまうので、飼い主とわんこだと考えれば……などといささか自虐っぽい思考も採用してみたが、いったん好きだと気づいてしまえば、入浴タイムは苦業にも近くなる。

「気持ちいい？」

「う、うん」

長い指が自分の髪をまさぐるのを、円周率を必死に数えてやり過ごす。頼むから、反応するな、俺の分身。昨日は般若心経《はんにゃしんぎょう》で、おとついは数学の方程式を片っ端から思い出すやりかただった。それでも愛撫《あいぶ》にも似た千林の手の感触を肌でおぼえていくにつれ、ますます感度が高まっていく。

野江が身体を洗いあげてもらうころには、まずいことに股間《こかん》がしっかり兆していて、前かがみでごまかしつつ浴室を出る。

「せ、千林さん、ここはもう大丈夫」

「そう？」

「手を動かしてもほとんど痛まなくなってきたし、傷口も塞がってきたみたいだから」

「だったらこれを。自分でできるね」

ありがたいことに、千林は思いのほか簡単に譲歩して、濡れた身体にとバスタオルを差し出した。

「ん、ありがと」

ほっとしながら手を出して……そのとき、期せずして腰のタオルの結び目がほどけてしまった。

「……っ⁉」

ぎょっとして、左手を伸ばしたものの、甲斐なくタオルは落ちていく。

「うわぁっ」

見られた。絶対にあそこを見られた。

恐慌をきたしつつ野江はしゃがんだ。と、そのうえに落ちてくる静謐《せいひつ》な響き。

「湯ざめをするからね、身体を拭いたら早く出てきたほうがいいよ」

そうして千林はなにもなかったようにして、脱衣所をあとにする。

野江は（あれ？）と拍子抜けしてその背中を見送った。

運よく気づかれなかったか？　あの距離の近さではそんなの無理だと思うものの、実際にはわからない。あせりつつ考えているうちに股間も鎮まり、着替えたあとでおそるおそる出ていくと、千林は冷たい煎茶《せんちゃ》を用意して待っていた。

「どうぞ」

「あ、どうも」

まともに目が合わせられずにちらりと表情を窺うと、彼のうえに特別な変化はない。最近ではすでに見慣れてきはじめている、自分を甘やかすようなやさしいまなざしがあるだけだ。

「きょ、今日も書類仕事だけで終わらせてごめんなさい」

なにか言わねばと、野江は頭に浮かんだことを口にした。

「来週の水曜日には抜糸が済むし、そうしたら前以上に働きますから」

「そうだね。きみの働きを僕も頼みにしているよ」

「それで、大島《おおしま》建設さんの新設機のことなんだけど……」

そこからは取引先の話題になり、しばらくするとそれも終わる。野江は沈黙が落ちるのを避けたくて、会社の誰それがどうしたとかの他愛ない話を選んだ。

「……それでね、水岡が俺に言ってきたんだけど、最近組立班の班長にすっごい目つきで睨まれたって。ちょうど昼飯が終わったころ、食堂からの帰りがけに。俺がなにかしたんかなあって気にしてたけど、心当たりはないみたいだし、普通にしとけばいいんじゃないかってアドバイスをしておいた」

「組立班の班長って、ああ……なるほどね。席を代わってもらったから、水岡くんはいま牧野くんの隣で食べていたんだっけ。それは悪いことをしたね」

「ん？　それって、どういう？」

「いや。きみの言うとおり、心当たりがないのなら、そのうちなんでもなくなるよ」

確信ありげに断言されて、野江は幾分釈然としないながらもうなずいた。

「まあそうかも。きっとそうだね」

「ああ大丈夫」

そうして彼がふいに腰をあげるから、もう帰る時間かと姿勢を正した。

「千林さん、今日もありがとうございました」

ぺこりとして、顔をあげたら、千林は玄関とは違う方向に足を進める。なんだろう、と思っている間に彼はタオルを手に持って戻ってきて、ふたたび野江の隣の場所で膝を折った。

「そのタオル……？」

いったいなにに使うのだろう。不思議に思って野江が首をひねったら、千林が落ち着いた声音を出した。

「このあとの必需品になるからね」

「必需品って？」

「それはね」

千林が手を差し伸べて、野江の顎を仰向《あおむ》けにした四本の指で掬う。キスをするのにちょうどいい姿勢にされて、予想どおりにそれは来た。

「ん……」

千林とキスをするのは何回目になるのだろう。慣れるほどにはキスを重ね、けれどもやっぱり毎回どきどきしてしまう。

「う……っ、ん……」

彼があたえるこのキスは、野江の奥底に眠っているなにかを呼び起こす調べに似ている。普段は意識することのない、けれども確かに存在している情動のようなもの。それを情欲というのならばそうだろうが、この感覚はもう少し複雑で、彼によって呼び覚まされた気持ちには、熱さや、せつなさ、そして物狂おしいようなざわめきが入り交じる。

「っふ、せん……ばやしさん……」

酔っぱらったときのように、やたらぐらぐらする視野と、酩酊《めいてい》感とに苛《さいな》まれ、野江が左手で彼のシャツを摑んだとき。

「っ、や。なにを、す……っ」

千林が触れてきたのはさきほど兆していた野江の男の部分だった。驚いて目を瞠り、しかし深く舌を突き入れてくるハードなキスに気を取られる。

いままでいちばん激しく感じるキスは、野江の理性を奪い取り、触れてくる指先をやすやすと許してしまった。スウェットのボトムを下にずらされるのをおぼえながら、野江は(いいよね)と自分自身に言いわけする。

だって、自分は千林が好きなのだ。彼に触れられるのならかまやしない。

「千林さん……っ」

キスだけで、野江のそこはふたたび昂っていて、彼の手を待ちわびている。そういえば、最近自分でそこを慰める行為をいっさいしておらず、あたえられる刺激にはずいぶん過敏になっていた。

「ん……あ、あ……っ」

これはきっと彼なりのサービスだろう。自分のせいで怪我をさせた責任を感じているから。キスもしている間柄だし、溜《た》まっていれば出させてやるくらいはする……?

「千林さん」

ずるずると流されていきそうになりながら、しかし自分でも意外なほどのきっぱりした声が出た。彼もそれは想定外だったのか、つかの間手をとめてこちらを見やる。

「どうしたの？　僕にされるのは好きじゃない？」

「そうじゃなくて……そういうことじゃなく」

怪訝そうな彼の眸を見返しながら訴える。

「俺が誰かわかってる？　俺はあなたの『そうくん』じゃないんだよ？」

たとえ本当はそうだとしても、野江がその当人だと彼は知らない。自分が誰かの身代わりで千林に触れられるのは嫌だった。

「わかっているよ」

しかし、はっきりと千林はそう言った。

「きみは奏太くん。僕が働く会社の同期で、大切な友達で、いまは……」

彼はそこでいったん切った。それから真率なまなざしを向けて言う。

「いまのきみは僕にとって、奏太くんとしか言いようのない存在だ」

だったらいい。野江は彼を見つめながらうなずいた。

「俺も、そうだから。俺にとっても、あなたはあなたで、他の誰にも換えられないひとなんだ」

「奏太くん……」

今度のキスはやさしくて、丹念に時間をかけた心のこもったものだった。まるでとろ火で炙《あぶ》られるみたいなキスに、野江の身体もテンポを合わせてゆっくりと高まっていく。

「ん……ん、あ……っ」

「気持ちいい？」

「んっ、ん……い、いいよっ……」

お互いに向き合って、野江はベッドに背をつけ、千林はこちらにかぶさってくる姿勢でいる。いつの間にかボトムと下着は膝上あたりまでずらされていて、彼の視野には剝き出しの野江の股間が映っているはずだった。

「じゃあ、こうしても？」

「あ、んあ……っ」

だけど、いまは恥ずかしがる余裕がない。千林が先のところをいじりながら、もう片方の手で性器のつけ根にある丸い膨らみを手のひらに収めたからだ。

敏感な先端をいたぶられつつ、重みを増した根元のそれを弄ばれる。知らず涙目になる野江の様子を千林はじっと見ていて「可愛いね……」と微笑むから、こういうときのこのひとはちょっとSっ気があるんじゃないかといまさら気づく。

「か、可愛いくな……っ、あ、ん……っ」

くびれのところを強く擦《こす》られ、背筋がびくっと跳ねあがる。

自分でするときとはまったく違い、どこをどうされるかが前もってわからないし、なにより緩急つけた千林の仕草が巧みで、あっという間に野江は高みに持っていかれる。

「せっ、千林さんっ」

「なぁに、奏太くん？」

こんなときにこんなにも甘い調子で聞いてくるのはずるいと思う。そのうえ、さきほどよりも擦る動きがゆっくりになっていて、そうなればいきおいで「そこ、もっと……っ」とせがむことへのためらいがなくなった。

「もっと、なに？」

「だから、そこを」

「どこ？」

言わせる気かと恨めしく彼を睨み、それでもその先をうながすような彼のまなざしに負けてしまう。

「その……俺の、を……あなたの手で擦ってほしいっ」

半ばやけくそでそう言うと、彼が唇を重ねてくる。

「ふ……む、ぅん……っ」

舌で舌を舐められて、濡れた性器を巧みな指で扱《しご》かれる。

「ん、んんっ、は、ふ……ぅっ」

千林はピッチをあげて、もういい加減限界を迎えそうな快感を煽《あお》り続け、そうしてそのあいだも蕩《とろ》けるようなキスをやめない。

せわしなく洩れ出る呼気も、口腔内に溜まる唾液も飲みこまれ、やがて野江は目を晦ませながら彼の手で快感の極まりを越えていった。

「ん、んんー……っ」

ぶるっと震え、もはやこらえようもなく軸の先にあるちいさな孔《あな》からどろりとした体液が飛び出していく。その直前、股間をなにかで覆われたようだったが、そのときはわからない。溢れ出る快感をすべて放ってしまってからそれがタオルと気がついた。

「あ、はぁ……っ、は」

いまだおさまらない呼吸に肩を上下させ、野江がくったりしていると、彼が身体の中心を丁寧に拭ってくれる。

「あ、んっ……」

射精後で敏感になっている先端をタオルが擦っていったとき、鼻に抜ける声が出て、カアッと頬が熱くなる。いまさらだろうが、切羽詰まった感覚が去ったのちには、恥ずかしさが倍増してやってくるのだ。

赤い顔で上目に眺める千林は、平静な顔つきで、なにを考えているのかは読み取れない。彼は野江の股間を拭って綺麗にすると、元のとおりに下着とスウェットのボトムを引きあげ、そのあとでタオルを手に立ちあがった。

「……千林さん」

「ん？」

「その……えっと、用意がいいね」

惑いに揺れるまなざしで、彼の手元を見ながら言った。本当に話したいのはそれではなかった気がするが、いまは適切な言葉が見つけられなかった。

「言ったろう、このあとの必需品になるからと」

「そ、だね……」

それきり野江は口を閉ざし、夜の室内に沈黙が下りていく。千林はなにも言わず、聞こうとしない。しばらくのちに、沈黙に耐えかねた野江がもそもそと腰をあげた。

「俺、なんだか疲れたみたいだ。悪いけどベッドに入るね」

「ああ。僕ももう帰るから」

千林は野江がベッドに入るのを見守ってから、軽く布団をかけ直し「電気を消すかい？」と聞いてきた。

「うん。ちっちゃいやつだけにしてくれれば」

彼はうなずき、ほどなく部屋は常夜灯のみの明るさになる。タオルを片づけて戻ってきた千林は「おやすみ、奏太くん」とやさしい声を残して部屋を出ていった。

薄暗い室内で、布団をかぶり、野江はぽそっと小声を洩らす。

「千林さん……なんであんなことしたの？」

たんなるサービス、あるいは責任感からの罪滅ぼし？

それとも本当にまさかだけれど……自分のことが好きだから？

知りたい。彼の気持ちが本当にはどうなのか。けれどもそれは彼に直接聞かなければわからない。

「無理だよ、俺……俺のことが好きだから、さっきは達《い》かせてくれたんだよね？　なんてこと……聞けやしないよ」

いくら野江が楽観的なタイプでも——千林さん、俺はあなたのことが好きだ。さっきのあれは、あなたも俺が好きだから、手で出させてくれたんだよね？　——そんなことは絶対聞けない。

だって……もしもそうでなかったら。自分の想いが空振りで、千林を困らせただけの結果に終わったら……。

「そうだよ、俺は……あいつみたいになりたくないし」

千林につきまとうナイフ男。あの青年のしたことだけでもうんざりだろうに、そのうえ彼を困惑させる存在にはなりたくない。そう思い、けれども野江はその考えが欺瞞《ぎまん》であるともわかっていた。

本当は——彼に気がないと知ってしまうのが恐ろしいのだ。

はっきりさせて自分の居場所がなくなる危険を冒すよりも、このまま彼の傍にいたい。

そんなずるくて、臆病な自分が確かにいるのだった。

「曖昧《あいまい》にしておきたいのはごまかしだよね……だけど、俺、あなたを困らせたくないってのもほんとなんだ。だから、あなたには自分を好きになってなんて言わないよ。それでも俺は……」

彼のことをずっといつまでも好きでいるから。

◇　◇

次の日の朝、千林は野江の部屋を訪れた。挨拶をしてなかに入ると、彼がベッドから離れたところでちいさく返す。

「……おはよう」

その声も表情も硬かった。おそらく野江は昨日の晩に男の手で射精させられてしまったことを考えあぐねていたのだろう。

「今朝《けさ》はハムサンドを作るからね。あと、にんじんのポタージュも」

「あ……手伝おうか?」

「いいよ。すぐにできるからね。きみはわんこのぬいぐるみと遊んでいて」

「ぬいぐるみって……。俺、そんな歳じゃないんだけど」

「ああそうだったね。奏太くんは立派な大人のわんこだった」

「わんこじゃないし」

親しいからかいを含めたやりとりに徹していると、相手が徐々に気をゆるめていくのがわかる。こういう点では野江は単純なほど素直な反応を見せるのだが、しかしいまは彼を侮る気持ちにはならなかった。

「食事を終えたら、この近くを散歩しようか？」

普段の野江はクロスバイクで会社まで通っている。元々身体を動かすのが好きな質で、それを安静第一にさせているのは自分のほうだ。順調に傷も回復しているようだし、外を歩いてみようかと誘ったら、彼は大喜びで乗ってきた。

「行く行く！」

そんな流れで、食後には野江の着替えを手伝って、ふたりして外に出る。

「ねえ、千林さん。俺はいつも自転車で通っちゃうから、このあたりをゆっくりと見て歩くのは新鮮かも」

「今日は天気がよくておだやかな気候だし、たまには散歩もいいものだね」

「うん。俺はいまみたいな季節が好きかな。ほんとはもっと寒くてもいいんだけど」

「そう？」

「ん。俺は冬生まれだから、寒いほうが合ってるんだ」

「奏太くんは何月生まれ？」

「俺は十二月。千林さんはいつ生まれ？」

「僕は二月だよ」

「じゃあ、俺たちは冬生まれ同士だね」

そんな他愛ない会話を交わして、河川敷まで歩いていく。

「寒くないかい？」

「うん、平気」

このあたりには名所も格別な施設もないが、そのぶん自然に恵まれている。野江はうーんと腕をあげて、肺いっぱいに新鮮な空気を入れた。

「あっ、千林さん、あっち見て。サッカーの練習をやってるみたいだ」

橋の近くには芝の生えた平坦な地面と、ベンチとが設けられ、そこで何人かの子供たちがボールを蹴り合っている。

ジュニアチームというほどでもないのだろう、周囲に保護者の姿はなく、普段の服装の小学生がそれでも熱心にボールを回し続けていた。

「わっ！」

「あーあ、ヘタクソ」

五人いる子供たちの誰かが大きくボールを弾き、それが転がって野江の足元までやってくる。

「お兄ちゃーん。ボール蹴ってー！」

「いいよ。いくぞぉ」

野江がキックしたサッカーボールは、二回バウンドしたのちに、待機していた男の子の足元でピタリと止まる。

「わあ、すげえ！」

野江は子供たちに手を振ると、うずうずした様子を見せて聞いてくる。

「ちょっと観ていってもいい？」

近くに行きたくてしかたがないのがその顔つきから丸わかりで、千林は微笑しながら承知した。

「いいよ、もちろん」

そうして、ふたりして遊歩道から芝地へ向かう。下りたその場所でしばらく立って眺めていたら、子供たちが集まってひそひそしゃべったのちに、野江のほうに集団でやってきた。

「お兄ちゃん、サッカーやんない？　もう一人入ったら、三対三でちょうどいいんだ」

「あ、えっと」

ちらっとこちらに視線を送る。そのまなざしで言いたいことを察知して、千林はうなずいた。

「僕はここで見ているから。ただし、無理は禁物だからね」

「うん、ありがと！」

了承すると、野江は子供より元気よく競技の場に駆けていった。

「よっし、いくぞ！」

「そっち、パスパス！」

子供に交じってボールを追いかけ、夢中になって走り回る野江を眺め、千林はゆうべ見せた彼の姿態をその上に重ね合わせた。

——そこ、もっと……っ。

快楽に身をよじる可愛い野江。自分のあたえる快感に打ち震え、なすすべもなく男の技巧に翻弄されて悶《もだ》えていた。

——俺の、を……あなたの手で擦ってほしいっ。

真っ赤になって恥ずかしそうに行為をねだる色っぽいその姿。しなやかな肢体がくねり、健康的な赤みの差した唇からは淫《みだ》らなあえぎがこぼれ落ちて。

あのとき自分は野江のすべてを奪いたい激情に見舞われていた。

彼の全部をわがものにして、深い快感に浸したい。もう日常に戻ってこられなくなるくらい、自分に溺《おぼ》れてどこまでも……。

そこまで考えてから、苦い笑みを頬に乗せ、ゆっくりと頭を振った。

野江にはああやって陽光を浴びながら駆け回るのが似合っているし、彼ならきっといい父親にもなれるだろう。

いずれ知り合うどこかの女とセックスし、子供をもうけて家庭を築く。

そうなるのが自然だと思う反面、千林の胸の内には野江を誰にも渡したくない気持ちがある。

あんなふうに光の似合う青年を、快感と愛情という鎖で繋ぎ、一生手許に置いておきたい。おのれの欲望と執着とで彼を穢《けが》し、自分の色だけに染めあげたい。

「千林さん、待たせてごめんね！」

やがて、ひとしきり遊んだあとで、野江が元気よく走って戻る。千林は内面を表情には出さないで、やさしい微笑で彼を迎えた。

「お疲れさま。これを飲むかい？」

待つあいだに自販機で買っていたスポーツドリンクを差し出すと、野江は恐縮して受け取った。

「ありがとう。喉がすっごく渇いてたから」

言って、野江はごくごくと半分ほどいっき飲みし、そのあとでこちらには飲み物がないことに気づいたらしい。

「あの、千林さん。飲みかけだけど、よかったら」

遠慮がちなそれに礼を言って受け取ると、ひと口飲んで野江に返した。

「……どうしたの？」

なぜか野江は続きを飲もうとしてボトルを傾け、その姿勢でフリーズしている。

「あ、ううん。なんでも」

あわてる様子で腑《ふ》に落ちた。おそらく彼は間接キスと考えたのだ。

もうキスは何度もしたのに、いつまでも純情な野江。まぶしいほどの光が似合う、屈託のない青年は、自分の世界とは違いすぎる。

「ごちそうさまっ。千林さん、そろそろ俺たちも昼飯行かない？」

照れた顔でドリンクを飲み干すと、ばね仕掛けの人形みたいに立ちあがる。

千林は「そうだね」と腰をあげて歩きはじめ、土手の上まで行ってからさりげなく問いかけた。

「奏太くんは、子供が好き？」

「え。ああうん、普通には」

「そう」

「あいつら結構筋がよかったみたいだよ。チームとか入らないつもりなのかな」

「どうだろうね。きみはチームに入っていたの？」

「俺は高校の部活でサッカーをやってたんだ。大学はサークルでフットサル」

「それらはもうやめてしまった？」

「うん。社会人になってからは、会社のほうで手いっぱいになっちゃったから。そのうちとは思ってるけど……千林さんはなにかやってる？」

「僕もいまは特になにも」

「いまはって、前はなにかやってたの？」

「そうだね、アメリカにいたときに、体力作りと護身を兼ねて少し気功をかじった程度」

「うわ、ほんと⁉　カッコいい」

「そうでもないよ。ちゃんとおぼえて身につけたのは呼吸法くらいだからね」

「でもすごい。ねえ師匠、今度もしよかったら教えてください」

「それはいいけど。師匠はちょっと」

そんな会話を交わし合ってふたりで笑う。

冬の太陽の下、野江の笑顔が目に沁《し》みるほどまぶしかった。

そうして会社がはじまれば、またたく間に時が過ぎる。野江は水曜日には早帰りをさせてもらい、都内の病院に出向いていって、抜糸を済ませた。経過は良好で、このあとは特になにごともなかったら再来院には及ばずとのことだった。

◇　◇

野江はSNSのアプリに全快確定のメッセージを書きこみ、そのあと電車でさいたま市に戻っていった。今夜はささやかな快気祝いとして、近所の居酒屋にふたりで行く予定なのだ。自分の車を置きに帰る千林と落ち合うために、野江は最寄《もよ》りの停留所でバスを降りると、彼のマンションを目指して歩く。

「あれ……?」

目当ての白い建物がすぐそこに迫ったとき、野江はかつて見たことのある青年が路上に立っているのに気づいた。相手もこちらを見つけたのか、つかの間きつく睨んだあとで、ふんとばかりにそっぽを向く。野江は足を前に進めた。

「ちょっと、あんた、いったいなにをしに来たんだ」

こうは言ったが、千林が目当てなのはわかっている。捨てても置けずに距離を詰めると、青年は頬を歪めて「うるさい」と吐き捨てた。

「おまえなんかに関係ないだろ」

「ここで待ち伏せをしてるってのは、あのひとが目的だろう？　弁護士からの通達をもらってないのか？」

大事なひとを守りたい野江の気持ちが警戒心を強めていた。千林から聞いていた交渉内容を思い出して指摘すると、相手は憎しみのこもったまなざしをぶつけてくる。

「だいたいおまえのせいなんだ。よけいなことをしてくれるから、凌爾を怒らせちゃったじゃないか！　おまえがしゃしゃり出てこなければ、こんな羽目にはならなかった」

上から決めつけてくる彼の言い草。この期に及んでも責任転嫁かと野江は呆れる。そもそも別れた千林に、この青年がしつこくつきまとっていたことが原因ではなかったのか。

「いや、あのさ」

「なんだよ、このぼくを攻撃する気か⁉　おまえなんかの脅しには負けないからな！」

「ええと……」

攻撃する気はまったくないが、この青年の自己正当化にはついていけない。なんとか穏便にお引き取りいただく方法はないだろうかと、野江が首をひねったとき。

「野江くん、こちらに」

いきなり腕を摑まれて、ぐいと後ろの方向に引っ張られる。こらえきれずにたたらを踏んで下がったら、背の高いスーツの男が青年とのあいだに入った。

「千林さん……？」

「凌爾⁉」

驚くふたつの声が重なる。彼は野江を自分自身の身体でかばい、青年と対峙《たいじ》する位置を取った。

「彼との接触は禁止したはずですが？」

「っ、ぼくは！　こいつと話しに来たんじゃない。ただあなたに会いたくてっ」

「僕は会いたくありません」

言い捨てられて、彼の顔がくしゃりと歪んだ。

「凌爾、ねえ頼むよ。別れようって言ったのは引っこめる。だからお願い、また元のあなたに戻って」

「元の僕？」

千林の問う声は氷原を吹き渡る風のようだ。

「戻りませんね、戻る気もない。きみにはそれを求める力も権利もないので」

「ぼっ、ぼくたちの仲なのに、力や権利が必要なのかっ」

怯みながらも、彼はなんとか言い返す。千林は慣れた仕草で肩をすくめた。

「残念ながらいまはそうです。きみが僕ではなく、僕の周りの人間を傷つけた事実があるなら、僕にはなんとしてもきみを排除する責任がありますからね」

「は、排除だって……⁉」

「ええ」

「よっ、よくもそんなことが言えたな⁉　そうだよ、凌爾はそういう冷たい人間なんだ。あなたとつきあっていたときに、ぼくはいっぱいいろんなことを我慢したのに。クルーズ旅行も、クラブ遊びも、ほんとはもっと高いランクを頼んだってよかったんだ。長期でバカンスもしたかったのに、凌爾はいつだって仕事優先にしちゃってさ。あなたはそんな思いやりのない、自分本位の男なんだ！」

聞いていくうちに野江のむかむかは募っていく。

自分本意はどちらなのか。千林は冷たい人間なんかじゃない。やさしくて誠意のある、情の深い男なのに。

「あれだってそうさ。ぼくのことを『そうくん』なんて、ダサい名前で呼んじゃって。あんな子供っぽい、イケてないネーミング、自分でもよく我慢したと思うよっ」

この段で野江の我慢はぶち切れた。千林がどんな思いで「そうくん」を求めていたのか。このひとのそんな気持ちも知らないで勝手なことを……！

激しい憤りが野江の身体を動かした。ごく衝動的に千林の背後から出て、青年を怒鳴りつける。

「ダサい名前で悪かったな！　奏太なんだから『そうくん』と言うことのなにが悪い。だいたいあれは子供のときの呼び名なんだ。このひとはそれしか知らなかったんだから、そう呼ぶしかないだろう！　だいたい千林さんは冷たい人間じゃないからな。心根のあったかい、いつだって信頼できる男なんだ。なのにこのひとをそんなふうに言うなんて、あんたはなにひとつわかっちゃいない！」

するると、青年はカッと顔を赤らめて野江を目がけて飛びかかる。

「よくもえらそうにっ」

野江はとっさに身構えて、しかし次の瞬間に目を剝いた。

「え……っ？」

千林がなにをしたのか見極める暇もなく、青年は半回転して地面に尻餅をついていた。どすんという音はしたが怪我はなく、彼は口を半開きに呆然としている様子だ。そしてその上に冷冷たる声が落ちる。

「きみを排除する責任がある、さっき僕はそう言いました。わからなければもう一度聞かせます。きみ、あるいはきみが関与する人間が野江くんに接触するなら、僕はあらゆる手立てをもってきみを完璧に排除するつもりでいます」

このとき野江は千林の後ろにいて、彼がどんな表情をしていたのか見えなかった。けれども青年はその直後に、青い顔でがたがたと震えはじめる。

「これが最後の勧告です。三度目はない」

「……ヒ……ヒイッ……」

悲鳴を洩らして、姿勢を変えるや、青年は這って千林から遠ざかり、まもなく両手を泳ぐ格好にして腰をあげると、脱兎のごとく逃げ出した。

その様を唖然として見ていた野江は、千林がこちらに振り向く動作に気づき、思わず身を固くした。

「……驚かせたね」

すまなかったと眸を翳らせる千林を認めた瞬間、野江の身体の強張りが解けていく。

「う、ううん。俺はべつに。それよりもすごかったね。さっきのあれが気功ってやつ？」

「そうだね」

「く、車は置いてきたんだろ。だったらそろそろ居酒屋に……」

「奏太くん」

静かな調子にはばまれて、野江はごまかしが利かないと知る。

「……ばれちゃった、よね？」

「ああ」

「あのっ、隠してて本当にごめんなさいっ。俺がその当人だと言い出しにくくて。その。あなたは『そうくん』のことについては、もういいって言ってたし……だけど、ごめん、こんなかたちじゃなくて、もっとちゃんと言うべきだった……」

言葉に窮して、懺悔《ざんげ》の台詞が途中からあやふやになる。千林はゆっくりと横に首を振ってみせた。

「きみがあやまる必要はない。きみがそれを伏せていたのはちゃんとした理由があった。僕が『そうくん』に見立てた相手に、その本人が傷つけられた。それを知ったら僕がショックを受けると思って気遣ったんだ」

そうだろうと彼に問われ、違うとも言えなくてうつむいた。

「気を遣わせて悪かったね。だけど僕がもういいと言ったのは、きみの存在があったからだよ」

「俺の……?」

顔をあげて見直す彼には沈んだ気配が漂っている。それが自責の念なのか、あるいは違うものなのか、野江には読み取ることができない。ただまっすぐにこちらを見つめる彼のまなざしを見返すばかりだ。

「ああ。子供の僕が心を通い合わせたのは、唯一『そうくん』だけだった。その後一度も会えないままに僕は歳を重ねていって、いつしか自分がより都合のいいようにあの子の存在を歪めたんだ。僕が身代わりにしていたのは、本物の『そうくん』じゃなく、そのときどきの荒んで歪んだ僕自身の姿だった。きみと時間を過ごすにつれて僕のいびつさが透けてきて、ようやくそのことが見えたから、もういいと言ったんだよ」

ありがとうと告げてくるおだやかな声。千林は野江のよく知った微笑を浮かべ――なのに、なぜだろう、彼が遠い。まるであちらとこちらのあいだに、静かに一線を引かれたような。

「千林さんっ」

こらえかねて、野江は叫んだ。

言ってもいいのだろうか。これを告げたらふたりの関係が変わるだろうか？　彼を好きだと野江が言ったら、ふたりにあったなにかが繋がる、それとも壊れる……？

激しい迷いに心が震える。それでも野江が口をひらこうとしたときだった。ふいに端末の呼び出し音が鳴りはじめる。ちょっと待ってという仕草をし、千林がポケットからスマホを取り出し、耳に当てた。

「はい、僕です……はい、そうですか。すぐにそちらに」

電話を切ったとき、千林はいままで見たことがないくらい緊迫した面持ちになっていた。

「すまないが、話はあとで」

そうして彼は踵を返し、マンションの駐車場に向かっていく。もうすでにこちらのことなど眼中にないかのように、彼は一度も振り向かない。野江は追いかけることもならず、足早に遠ざかる男の背中を見つめていた。

次の朝、千林は野江を迎えに来ることはなく、会社にも出てこなかった。野江はその理由を彼本人ではなく、朝のミーティング時に跡見課長から聞かされたのだ。

「この市内に入院している彼の祖母が危篤《きとく》らしい。しばらくは休むそうで、そのあいだの業務については私が代行するつもりだが、それ以外は各自でフォローするように」

その報に、野江は愕然と目を瞠った。それではあの電話は看護人からのものだったのだ。

いま、千林はどんな気持ちでいることか。せめて励ます言葉だけでも送りたい。しかし、そう思ってスマホのアプリに書いたメッセージは既読がつかず、直接送ったメールにも返事はなかった。

◇　◇

そうしてそのあと土、日を挟み、明けて月曜日に、これもまた会社宛《あて》に訃報が入る。葬儀は親族のみで執り行うので参列も香典も不要だということだった。

あれほど心を傾けていた祖母を千林は喪《うしな》ったのだ。その彼の心情を忖度《そんたく》すれば、野江の胸は激しい痛みに満たされる。

千林が心配でたまらなく、彼の実家を訪ねていくことも考えたが、それは結局やめにした。葬儀で取りこんでいるときに顔を出してもただ迷惑になるだけだろう。お悔やみメールはすでに送り、彼の邪魔にならないようにと、それ以後は一日に一回だけアプリを通じてメッセージを書きこんでいるのだが、そちらへの反応はいまのところいっさいない。

野江の存在が必要ならばメッセージを読むことくらいはするだろう。しかし、それがないからにはよけいな真似はいっさいせず、ただ連絡を待っているのが賢明なのだ。

いずれ会社に来た折にはと、野江は自重して待ち続けたが、彼からの連絡は依然として来ないまま、水曜日に出社したとき跡見課長から課員に対して「千林は今週いっぱい休むそうだ。業務連絡はメールで受けて、折り返すそうだから、緊急かつ重要な案件だけを送るようにな」と通知される。そのあと課長はぐるっと首をめぐらせて、

「それと野江。ちょっと来てくれ」

指名されて、野江は「はい」と立ちあがった。課の部屋を出て、廊下の向こうの小部屋に入り、勧められるまま椅子に座る。課長もテーブル向こうの席に腰かけてから、おもむろに切り出した。

「野江は千林の父親と、うちの社長とがゴルフ友達だと知っているか?」

「え、いいえ」

知りませんと野江が言うと、課長は「そうか」とため息を吐き出した。

「あっちの父親が会社の社長をしていることは?」

「それは……知っています。静岡の、飲料会社の」

「じゃあ、その企業が同族会社で、いろいろとあるってことは？」

「えと、お兄さんが跡継ぎで……ちょっとむずかしい感じだっていうことだけは」

それくらいしか知りませんと、野江が迷いつつ打ち明けると、課長は「千林相手ならばそれだけでも充分だ」とうなずいた。

「いまから言うことは他言無用に願うんだが、あっちの家はいま結構揉《も》めててな」

「揉めて……？」

「ああ。私もくわしくは知らないが、なんでも千林のお祖母さんの遺産がどうとかって話らしい。うちの社長も心配しているんだが、他家のことで口を挟める立場じゃないしな」

とりあえず、と課長は言う。

「千林が出社したら、きみが気遣ってやってくれ。千林もきみを信頼していたし、相談相手には適任だと思うしな」

それにはいっさい異論のない野江が即座に承知すると、課長は「頼むな」と言ってから、肩を叩いて部屋を出ていく。

独りになった小部屋のなかで、野江は自分のスマホを取り出し、ＳＮＳのアプリ画面を起ちあげた。

「……既読はなし、か」

課長には「はい」と言ったし、頼まれなくても相談相手にはなりたいが、彼がそれを望まなければ、できることはほとんどない。

野江は少し迷ってからメール作成画面をひらき、入力キーをぽつぽつと押しはじめる。

【取りこみの最中にすみません。千林さん、いかがですか？　いまはそれどころではないでしょうが、無理をしてでも、食べて、飲んで、寝るようにしてくださいね。また会社に来られるのを待っています。それより前でも、もしも必要なことがあったら、なんでもこちらに連絡ください。ではお邪魔しました。失礼します】

書いては消し、消しては書いて、ようやくそれだけの文面を打つ。それからしばらく悩んだ末に、思いきって送信のボタンを押した。

「お……送った、よな？」

本当に送れたのか、送信ボックスを何回もひらいては確かめる。それが済むと、今度は受信ボックスを何度もひらき、千林からメールが来ていないかをくり返し探してみる。

「……千林さん」

虚《むな》しい仕草に耐えかねて、野江は両手で端末を握り締める。身が裂かれるほど痛くて苦しく、叫び出してしまいそうな衝動に駆られている。

「俺を呼んで……っ」

いますぐ彼の許に行きたい。飛んでいって、彼を少しでも慰めたい。ここにいるよ、なんでもするよと伝えたいのに……。

鳴らない端末を手に持って、しばらくすると野江はのろのろと立ちあがった。

「仕事、しなくちゃ」

完全にはできないが、せめても千林の穴埋めをしておこう。彼がまたここに戻ってきたときに、少しでも負担を減らそう。

いまの自分にはそれくらいしかできることはないのだから。

◇　◇

そののちも野江はじりじりと火に炙られる心地で週日を過ごしていった。もはや二度と千林には会えないかとさえ思われた状態は、しかし土曜日になったところで覆る。

まもなく発車のアナウンスを聞きながら、野江は新幹線の列車のなかに飛びこんだ。名古屋行きのこだま号は午後八時半出発で、野江が席に着くとまもなく動きはじめる。

「はあ……」

ほっと息を吐き出して、野江はあらためて手に持っていた端末の画面をひらく。そこには届いてからこっち何度も何度も見返した千林のメールがあった。

【今夜こちらに来られますか？　もしできそうなら、三島《みしま》からタクシーで下記の住所に向かってください】

彼の居所が添えられた文面はそれのみだった。だけど野江を動かすにはそれだけでも充分すぎる内容だ。

気が逸《はや》るまま三島からタクシーに乗り、着いた先は芦ノ湖《あしのこ》畔《はん》の別荘地。千林が指定したその住所には西洋建築がかまえられ、周囲の木立に囲まれた白く優美な外観はいかにも立派なものだった。

「えと、野江ですが」

車のエンジン音で気づいていたのか、門柱のインターホンで名乗るとすぐに千林が返事する。

「鍵はかかっていないから、そのまま入ってきてくれないか。僕は二階の部屋にいる」

「わかりました」

野江は前庭から建物に近づいて、ポーチの階段をあがっていくと、見あげるほどの大きな玄関扉をひらいた。

「……お邪魔します」

夜だし、灯《あか》りはほとんどないしで、広いホールがどんなものかもあまりよくわからない。二階だと言われていたので、正面にある大階段をのぼっていき、吹き抜けの空間に臨みながら廊下を進む。窓からの月明かりと、夜間用のフットライトを頼りにして、野江はいくつかあるドアを端から順にノックした。

「千林さん。ここですか?」

応えのないまま進んでいき、やがて野江はいちばん奥のドアでようやく返事をもらう。

「どうぞ」

野江がドアノブを回して押すと、きしむ音をかすかに響かせそこはひとを通すための隙間を作る。

フードつきジャケットに、コットンパンツ、肩にバッグをかけた野江がそっとなかに入っていくと、ちいさなランプに照らされた人物が窓際に腰かけているのが見えた。

「千林さん……」

ほっとするのと同時に、野江の胸が締めつけられる。頼りない光源と月明かりで眺める彼は、ずいぶんと儚《はかな》い印象を野江にあたえた。シャツとスラックスに、薄いカーディガンを羽織った姿はどこか透けて見えそうだ。

「ちょっと見ないあいだに痩《や》せたね。ちゃんと食べて、眠っているかい?」

「千林さん、それ俺の台詞だよ」

言いながら、足音を殺して静かに近寄っていく。そうしなければ、目の前の千林がふっと消えそうな感じがしていた。

「そうだね。きみのメールを見たよ。きみのことだから、ほかにも連絡をくれたんだろうが、少し……なんだろう、いまは気力がないみたいでね」

千林は窓のほうを眺めたまま、独りごとの調子で言った。野江は「ううん」と首を振る。

「返事なんていいんだよ。それどころじゃないことはわかっていたし。それにこうして俺を呼んでくれたんだもの」

言うと、野江に返ってきたのはひとの悪い男の響き。

「きみからのメッセージは無視し続けて、なのにきみは僕がちょっと呼んだだけでこんなところまで駆けつけたんだ?」

この台詞に近いことを夏ごろ言われたことがあった。あのときは憤慨したが、でもいまは腹が立たない。

「うん、そうだよ。あなたが呼べばいつでも俺は傍に行くから」

千林が自分をはじこうと、試そうと、べつにいい。彼が呼べば自分は行く。最初から答えの出ているシンプルな図式だった。

「だったら、ここに」

千林が自分の足元を手で示す。野江は言われた場所まで行って、肩から外したバッグと一緒にその場に座った。

「……この別荘は祖母の持ち物だったんだ」

座ってずいぶん経ってから、千林がぽつりと洩らす。

「いまは僕の持ち物らしい。祖母が所有していたものは、すべて僕に引き継ぐ権利が遺《のこ》されたから」

それからまた低くつぶやく。

「せめて四十九日まで待てないものなんだろうか。なにも初七日に遺言状をひらかなくてもいいのにね」

皮肉がひそむ口調を落とし、千林はわずかに肩をすくめてみせた。

「お陰で精進落としの席は大騒ぎになったんだ。厄介にも、祖母は夫から遺された自社株を十パーセントほど持っていたから」

祖母は千林のはみ出し者だが、彼女の夫は自分の後妻が金には困らないようにしていたと、彼はまた独語の調子で告げてきた。

「決定権は持てないが、無視もできない微妙な数だ。葬儀の最初から、親族たちはそれがどこに行くのかばかりを気にしていて……ほかにもっとすることはあるだろうにね」

返答を望んでいない口ぶりに、野江は無言でうなずいた。

「僕が祖母とヨーロッパに行った話は前に言ったね？」

口調を変えて、千林が聞いてくる。野江は「うん」と短く応じた。

「僕が夏休みに入ってすぐにふたりしてあちらに渡って、予定も立てずにあっちこっち気の向くままに観て歩いた。ボルゲーゼ公園でジェラートを食べ、ムーランルージュでショーを観て、バーデンバーデンの温泉に入ったよ」

その折の情景をめぐらせているかのように、遠い目をして彼は言う。

「そのあとは祖母のルーツのアイルランドで、なにをすることもなく数日過ごした。ちいさなホテルで朝食を食べ、村の様子を見て歩き、海沿いにある断崖へも足を延ばした。その日の祖母は白いドレスを身に着けて、白いパラソルを持っていた。好奇心の強い祖母は僕がとめるのも聞かないで、緑の草原を断崖付近まで近づいていこうとしたんだ。そのときに突然吹いてきた強い風が祖母の手から持ち物を攫っていって……くるくると回りながら落ちていくパラソルが、やがて打ち寄せる波しぶきと同化していく光景はいまでもはっきりおぼえているよ」

とても楽しい想い出を甦らせているかのように、千林は目を細め、唇の両端を引きあげている。

「うん、それで……?」

目頭に熱いものをおぼえながら、野江もまた明るい調子でうながした。

「祖母はお気に入りだったのにと、くやしそうな顔をしたあと——だけど面白かったわね——と。自分がまるで宙に浮かんでダンスをしたみたいだと、スカートの裾を摘《つ》まんでくるっと回った」

「目に浮かぶよ……綺麗だったね」

「そう。あのときの祖母は陽気で、とても綺麗な姿だった」

「うん……」

月光とランプだけが照らし出すこの部屋で、千林は祖母との想い出をひとつずつたどる旅に出ていたのだろう。ほかの親族とは分かち合えない、とても美しい追憶をめぐる旅に。

「僕は祖母にとてもたくさんのものをもらった。僕がいびつななりにひとを好きになることができたのは、たぶん祖母のお陰だろうね」

「うん……」

「最期の朝に祖母は意識を取り戻し、僕にこう言ったんだ——好きなひとに好きと言ってね。幸せになってね——と。それが僕に遺してくれた最期の言葉だ」

「うん……」

我慢したけれど、こらえきれずに涙が出たのが、彼にばれてしまうだろうか。

知られないとよかったのに、聡い千林は気がついたのか、腕を伸ばして足元に座っている野江の髪を軽く撫でた。

「せっかく祖母がそう言ってくれたのに……だけど僕には守れそうもないんだよ」

「ど、して……?」

「僕はゲイだし、それ以前に心がまともじゃないからね」

愛《いと》おしそうに野江の髪を撫でながら彼が言う。

「そのひとはどこからどこまでも健康的で、明るくて、勇気があって、やさしいんだ。僕の邪な想いで汚していいひとじゃない。彼にはやがて誰かと結婚して、家族をつくって幸せになる未来があるのに、僕がそれを邪魔していいわけはないから」

「そうなの？」

「そうだよ」

「そのひとが、自分からあなたといたいと望んでも？」

「いまはそうでも、いつか後悔するかもしれない。僕のせいでそのひとが苦しむのは嫌なんだ」

「だけどそれって、ちょっと悲観的すぎやしない？」

「そうかな？」

「そうだよ」

軽い言葉の応酬のようでいて、ふたりの声はわずかに震えを帯びていた。

「でも、僕はそのひとをなによりも大切にしたいんだ。何度も迷って……結局手を離したほうがいいんじゃないかと思ってる」

「ほんとに……？」

「そういうやりかたも相手を大事にするって方法のひとつだからね」

「そう？」

「そうだよ」と言われる前に野江は千林を睨みあげた。ぐっと腹に力を入れて、強い声を投げつける。

「俺はそうは思わないし、そもそも前提が間違ってる」

千林はまばたきし、髪を撫でていた手をとめた。

「さっきはあなたひとりだけがゲイみたいに言ってたけど、俺の初恋はあなたなんだよ」

千林は今度ははっきりと驚いた顔をして「僕？」と小声でつぶやいた。

「そうだよ。そりゃ、あのときのあなたの髪は長かったから、女の子かと思ってたけど……でも、男だとわかったにせよ、気になってしかたない相手には変わりなかった」

「でも、やっぱりそれは、僕を女の子だと思っていたから」

「そんなのどうでもいいんだよ」

「わからない？」と野江は大きな目をひらき、食いつくみたいに彼を見据える。

「そんなに頭のいいひとなのに、なんでこんな簡単なことなんかがわからないの」

彼は野江の強いまなざしを受けとめて、視線でその先をうながした。

「千林さん、言ったじゃない。『そうくん』はもういいんだって。俺だっておなじだよ。いまのあなたが俺は好きで、大切なんだ」

自分が想い出をかかえてめぐらせるこの場所に、これが最後だと野江を呼び、綺麗に終わらせようったって、そうはさせてやるもんかと野江は思う。

それほど簡単にあきらめられるくらいなら、こんなに悩みはしなかった。呼ばれてすぐに走って駆けつけはしなかった。

「自慢じゃないけど、俺だってあの子のことを引きずって、こじらせまくって、お陰で童貞なんだからね。そのうえ、こんなにカッコよく大人になったあなたの姿を見せつけられて、いまさらどうやって後戻りができるんだよ。もうあれこれ言わずにあきらめて責任取って」

完全にひらき直り、野江は胸を張ってみせる。

「俺は最初から最後まであなたのことしか好きじゃないんだ。恋人になってほしいのはあなただし、家庭を築くならあなたと築くよ」

だからもう観念して俺のものになったらいいよ。野江が言いきると、千林が困ったように薄く笑った。

「ほんとに……奏太くんは男前だね」

「そうだよ。思い知ったかワン」

あえて軽く応じると、彼のまなざしが深くなった。

「いや、僕はとっくに知っていた。知っていて、往生際を悪くしていただけだ」

彼はそう言うが、それはきっと、ずるいとか臆病とかの類ではなく、野江のことを本気で考えていたからだ。自分の気持ちより野江の将来を大事に思ってくれていたから。

わかっているよとうなずく野江の目の前で、千林は椅子を下りた。

膝をつき、野江と水平に視線を合わせ、うやうやしいと思えるほどの仕草で手を取りあげる。

「ずっと傍にいてくれないか。僕にはきみが必要だ」

言葉とまなざしで野江の心をつらぬいて、彼は取った手の甲に口づける。

そして情熱を孕《はら》んだ眸で上目に見てくるその破壊力。さっきまでのいきおいは吹っ飛んで、野江の頬は燃えるように熱くなった。

「……真っ赤だよ」

「そりゃ……こんなイケメンに全力出されちゃ……」

腰が引けた格好でぼそぼそ言うと、彼はフッと笑みを浮かべた。

「大丈夫だよ。全力出すのはこれからだから」

ちっとも大丈夫じゃない台詞を吐いて、千林が顔を近づけてくる。怖いけれどうれしくて、野江はぎゅっと目を閉じた。

◇　◇

「は……あふ、ん、ん……っ」

最初はやさしくはじまった口づけは、すぐに激しく、深くなった。

舌を舐められ、唾液を啜られ、濡れて蠢《うごめ》く舌先に歯列を確かめられる。特にしつこくされ

たのは野江の尖《とが》った右の犬歯で、幾度となくその箇所を舐められる。

「あ……もぅ、や……っ」

「嫌?」

「だって……そこばっか……」

「きみのここは可愛いからね」

指でもそこを軽く撫で、野江の唇の弾力を愉しんでいるかのようにゆっくりとなぞってから離れていく。

「でもそうだね。もっとほかのことをしようか」

なんでこのひとはこんなに余裕があるのだろう。こちらのほうはキスだけで息があがってしかたがないのに。

おぼえず恨みがましい目つきになったか、千林がクスッと笑った。

「僕にも余裕はないんだよ。ただね、いまは気持ちのままに動いたら、暴走するに違いないから。きみは初めての経験なのに、怖がらせたくないんだよ」

つまり、千林は手加減しまくっているわけだ。それがくやしくて、野江は怯む心を抑え、あえて虚勢を張ってみせた。

「ぼ、暴走してもかまわないからっ」

「本当に?」

千林が野江の上着を脱がせながらたずねてくる。腹を括《くく》って、野江はこっくりうなずいた。

「そんなことを僕に言わないほうがいいのに」

「どして?」

「ストップをかけないでいいのなら、きみをめちゃくちゃにしてしまうよ?」

「い、いいよっ。千林さんになら……っ、んっ」

言い終える暇もなく唇を塞がれて、喉奥にまで舌が入るディープキスに見舞われた。野江が目を白黒させているうちに、キスをしながら両方の二の腕を摑まれて立たされる。と、唇が離れざまにふわっと身体が宙に浮いた。

「え、わ……っ」

驚く野江の面上に千林が顔を伏せ、またも唇にキスされる。それから頬にも、額にも。そうして何度もキスをくり返しつつ運ばれて、どうやら部屋続きにあったらしい隣室に抱き入れられた。

「ずっと、きみが欲しかった……」

低く洩らして、ベッドに下ろした野江の上に男の身体がかぶさってくる。

この部屋も窓から差しこむ月光とちいさな間接照明だけで、それでも熱っぽいまなざしと、彼の整った顔立ちは見て取れた。

「今夜、僕はきみを傷つけるかもしれない。それが僕は怖いんだ。だけど……駄目だ。どうしても欲しい気持ちがとめられない」

情欲と理性の狭間《はざま》にいるのだろうか、千林は苦しげに眉のあいだをせばめている。野江はそれが見過ごせなくて、彼の眉間に手をやった。

「俺はいいってあなたに言ったよ。暴走してもかまわないって」

どんなにわれを忘れようが、いまのこのひとが自分を傷つけるはずがない。それだけははっきりとわかっている。野江が不安に感じているのは未知の経験に対するもので、千林そのひとではないのだから。

「千林さん、ここに皺」

言いながらひとさし指で険しくなった眉間を伸ばし、背中を浮かすと額にキスする。

「いい男がもったいないよ」

それから、にこ、と野江が笑うと、千林が長い腕で囲いこみ、半身をかかえ起こす姿勢からきつく強く抱き締めてきた。

「奏太くん……可愛い、欲しい……」

うわ言みたいに洩らしながら、千林はうなじに唇を這わせてくる。熱い、まるで火のような男の吐息と、ぬめる舌の感触に、野江は背筋を震わせた。

「ここにも触れてみたかった」

千林が裾から野江のカットソーをまくりあげ、露わにした胸の上を撫でてくる。

「んっ」

指先が引っかかったその箇所を、今度は摘まみあげられて、知らず背中がビクッと跳ねる。

「ここは痛い?」

「そ、そういうわけじゃなく……」

「そう?」

だったらいいねと言わんばかりに千林が胸の尖りを指の腹でくりくりと擦り合わせる。そのあと舌先でちいさな粒を軽く弾き、それからちゅうっと吸いあげて丹念に舌で転がす。

「あっやっ」

思わず彼の明るい髪に手を入れて、頭ごと押さえたら、そこから目線だけをあげ、

「痛くないなら、嫌でもやめない」

やさしい笑顔できっぱり言って、刺激で赤く膨らんできた乳首にふたたび唇を当ててくる。

「ん、んっ」

快感ともつかないようなむず痒《がゆ》い感覚に、知らず拳《こぶし》を握ったら、大きな手のひらが包むようにその上に重ねられる。

「そっちは駄目だよ」

野江の手のひらには抜糸が済んで、絆創膏《ばんそうこう》がぺたりと貼られた傷跡がある。もう傷は塞がっていて、無理な動きをしたときだけわずかな引きつれを感じるが、ほとんど完治と言って

いい状態だ。

「も、もう平気」

「それでもね」

千林は野江の右手と自分の左の手のひらとを重ね合わせ、拳を作れないように互いの指を組み合わせた。

「緊張するのはしかたないけど、もう少しリラックスしてくれないか。そのほうが身体が楽だよ」

「わ、わかってるけど」

「手は痛くない？」

「うん、大丈夫」

「どうだかね、きみは我慢強いから」

「ほんとに平気」

こんなふうに軽い口調を交わし合うと、ほっとする。自然と肩の力が抜けたら、それを見た千林が深呼吸をするようにうながしてきた。

「こう？」

大きく息を吸った直後、千林がもう片方の胸の先を摘まんでくる。思わず肺から息が抜け、なのに彼は「続けて」と言ってきた。

「や、無理だって……」

まだほとんどさわられていないというのに、さっきの刺激に反応していたのだろうか、千林が摘まんでいるそちらのほうも薄赤くなっているのが恥ずかしい。

言われたとおりに深呼吸ができないから、そこをさわるのはやめてと野江は頼んだのに、彼は乳首をいじる動きをとめてくれない。どころか唇を押し当てられて、熱心に舐められれば、ゆったり息をするどころではなくなった。

「あ……や、ん……っ」

「痛くはないね？　どんな感じ？」

さんざんに舐めたあと、指での刺激に変えた彼が気遣うように聞いてきた。これの感想を言うのかと思ったけれど、彼は真面目な顔をしている。

「……えと、なんか……むずむずするよ」

「それだけ？」

「うん、まあ……」

本当はそれだけでもない気がしたが、事細かに正直な感想を述べるのは恥ずかしすぎる。

野江が語尾を濁したら、千林が含みのある笑みを浮かべた。

「いまはそれだけでもかまわないよ。そのうちにじっくりとね」

じ、じっくりとはどういう……？

あせって野江が顎をあげれば、リムレス眼鏡の男が澄ましてうなずいた。

「いろんなことを少しずつ」

野江がこくんと唾を飲んだら、よほど追い詰められているふうに見えたのだろうか、直後に彼は噴き出した。

「大丈夫。無茶はしないよ」

そうして野江の髪の毛をくしゃくしゃと撫でてくる。

「可愛い、ほんとに可愛いね、奏太くん。可愛すぎて……」

そのあとがなんなのか彼は言わず、キスと、再開した胸への愛撫で、野江は頭に霞《かすみ》がかかり、なにがなんだかわからなくなってしまった。

◇　◇

「ああっ……う、んん……っ」

シーツの上で野江は裸身をよじらせた。握りこまないと約束して離してもらった野江の右手は、注がれる快感が動かすままシーツに皺を寄せている。

「せ、千林さん……っ」

呼んでも彼は返事をしない。千林は仰向けにした野江の身体の中心に顔を伏せ、濡れて反り返る軸をしゃぶっているからだ。

大きくひらかせた脚のあいだに身を入れて、彼はいやらしく舌を使う。横咥《よこくわ》えに根元からくびれのところまで唇でなぞっていき、複雑な隆起のある箇所を丹念に舌先で伸ばしていく。かと思うと、先端をずっぽりと咥えこみ、頬の内側をすぼめたり、ゆるめたり。そうして先端の孔のところを、丸めた舌先でちろちろと刺激する。

「あ、ああっ、あんっ」

前にも一度してもらったことはあるが、あれは手だけで達かせてもらった。こんなふうに舐めたり、吸ったりはされなくて、それでも野江は目がちかちかするくらい感じたのだ。なのにいまは、千林が自分のあんなところを咥え、時折はこちらに見せつけるようにして広げた舌で野江の軸を擦ってくる。

「やっ、も、千林さん……っ、ああっ、もう……っ」

「いいよ、達って」

「んんっ……顔……離し……っ」

出そうだからそこから離れてと頼んだのに、千林は野江の性器を咥えこみ、頬の内側の粘膜をぴったりと添わせてくる。

「あっやっ、それっ」

そんなふうにされてしまうと、やわやわと包みこむ湿ってぬめらかな感触にまたも激しい快感を引きずり出される。尾てい骨から首の後ろにまで痺れたような感覚が走っていき、ぞくぞくした快さに野江の背中がわなないた。

「やだ……っ、はな、離し、て……っ」

嘆願の声を洩らして、野江は身をくねらせた。しかし彼は許してくれない。さらに野江の弱いところを舐めしゃぶり、先端に舌を這わせる。

孔のところを舌でつつかれ、もういい加減過敏になっているその箇所に軽く歯を当てられて、野江は我慢の限界が来てしまった。

「あっ、ああン……ッ」

意思によらず上体がひと跳ねし、野江は目を見ひらいたままついに快感を溢れさせる。

「あ……あぁ……ふ……っ」

やがて目がくらむ放出の悦楽が幾分かはおさまると、野江はハッと頭を起こした。

「せっ、千林さん、飲んじゃったの……っ？」

愕然とする野江の前で、彼はゆるやかに起き直り、軽く横に首を振った。そうして、口腔に溜めていた野江のそれを自分の手のひらに受け直す。

「あ……ど、どこかに、ティッシュ……っ」

野江は手を拭くものを探して、あせりながら周囲を見回す。しかしそれを見つける前に、千林が声をかけた。

「奏太くん、それよりも姿勢を変えて」

「え、でも」

「いいんだよ、なにも問題ないからね。むしろそうしてもらわないと困るんだ」

問題がなにもないとは思えなかったが、落ち着き払った彼の態度と、「困るんだ」という台詞が野江をしたがわせる。

「ど、どんなふうに？」

「両手と、両脚をシーツにつけて」

野江は千林の言うままに四肢をつき、犬のようなポーズになった。

「これで、いい？」

全裸で四つん這い。これはかなり抵抗ある姿勢だが、千林がそう望むのならやむを得ない。頬を染めて彼のほうを窺うと、前をひらいたシャツと、スラックス姿の男は、満足そうにうなずいた。

「いいよ。ちょっとそのままで」

千林が言いながら、野江の後ろに回っていく。なんだろうと思っていれば、尻のあわいにぬるりとした感触がやってきた。

「ひ、や……っ⁉」

これはさっき自分が出した……？

「千林さん、なにす……っ」

野江は女との経験はないのだが、知識としてはなにをするのか知っている。しかし男同士となれば具体的な想像が追いつかず、ただ漠然とキスしたり、擦り合ったりするのじゃないかと思っていた。なのに、彼は自分のとんでもない場所に思わぬものをべったり塗りつけ、ばかりかそこをまさぐってくる。

「せ、千林さんっ、それ違う……っ」

「なにが違う？」

「わっ、わかんないけど、なんか違うっ」

けれども彼は動転しきっている野江に「違わないよ」ときっぱり言った。

「ここで僕はきみと繋がるんだから」

「こ、ここっ」

狼狽するあまり鶏《とり》の鳴き声みたいな声が洩れたが、笑うような心境ではない。

すると、つまり、自分のここに、千林の股間のアレをジョイントさせる？

「嫌？」

あわてる野江とは対照的に、ごく静かな問いが来た。

「あ……」

それで野江はわかったのだ。もしもその問いにうなずけば、千林はやめてしまう。

さっき野江は暴走していいと口にはしたが、具体的になにがあるのか知らないでいることも、彼は先刻承知していたのだろう。

だからこれは、彼がこちらの覚悟を問う、最後の確認なのだった。

「嫌じゃない」

こくっと唾を飲んだあと、彼のほうを振り向いてそう言った。

「ちょっとびっくりしちゃったけど、俺が恋人にしたいのはあなたなんだよ。恋人だったら、その、セックスするのは当たり前だろ」

いまさらだよと視線で告げると、彼は「そうだね」と不思議な表情をしてみせた。

野江が愛おしくてならないような、なのにどこかせつなそうな、痛そうな、そしてそれらの感情を引っくるめて最後に微笑を浮かべたような――。

「いまさらだったね」

千林は野江の二の腕を摑みあげ、腰をひねらせ半身ごと自分のほうに向かせると、やさしく甘いキスをよこした。そうして背後からあらためて野江の性器に手を伸ばし、

「どこからどこまでも僕のものにするからね」

野江の耳に注がれるのは、蜜《みつ》のようにとろりと甘く、そのくせ凄《すご》みのある台詞。

「ぜんぶ僕のものにして、大事に大事にしてあげる」

おぼえずぞわりと野江の肌が粟立《あわだ》ったのは、怯む心か、それとも期待か。

「うん、千林さん」

だけど、どちらでもかまわない。野江はこの男が好きだから、大事にされたいし、大事にしたい。そして互いに繫がり合って、恋人同士にしかできないような気持ちのいいことをしたいのだ。

「俺もあなたを大事にするよ」

その返しが来るとは思わなかったのか、驚く面持ちで眉をあげ、一拍置いて彼はうなずく。

「そうだね。きみならそうするね」

ありがとうとささやいて、千林は野江の頰にキスをした。それから手のひらに包んだ軸をゆっくりと擦りはじめる。

「あ、あ……っ」

もうすでに一度達っていたとはいえ、いや、だからこそなおさら過敏になっていたそこが、男の仕草にたちまち反応を示しはじめる。つかの間うなだれていた男のしるしは、千林の手のなかで見る間に硬度を増していき、屹立《きつりつ》の角度を変えて野江に深い悦楽を送りこむ。

「あぁ……っく、あう、や……っ」

千林は急がなかった。じっくりと前だけを愛撫し、ふたたびの快感に頭がぼうっとなったころ、ようやく野江のすぼまりに触れてくる。

円を描くようにして指で何度もそこを撫で、軽く押してはまた離れる。そのあいだにも前への刺激はやめないで、野江の快感を散らさないよう気遣いながら、ゆっくりしかし確実にその箇所をほぐしていった。

「あっ……ひぁっ」

いままでとはことなる感触がそこに来て、野江はびくっと背筋を震わす。

「せ、千林さん……っ、それ、……っ」

あせって向きを変えようとしたけれど、腰を掴んだ強い力がその動きを許さない。

「ま、待って」

いじられるのはともかくも、舐められるとは思わなかった。なんでも受け容れるつもりではいるけれど、あの端整な彼の顔が自分のそこに密着し、舌を這わせているかと思えばいたたまれない。

「待てないね」

千林はしかし、野江が発した台詞をあっさりしりぞけて、またもや熱心にそこを舐める。

「きみのすべては僕のものだよ」

そうして彼は野江のすぼまりを舌で潤し、ぬるぬるにしたあとで、硬い感触のするものを挿《さ》し入れてきた。

「あ、んんっ」

「痛みがある?」

「ったく、ない……けどっ」

けれども馴染みのないことで、異物感はかなりある。野江は不安に襲われて、自分がもっとも頼みにするひとの名を呼んだ。

「せん、千林さん、千林さん……っ」

「なに、奏太くん?」

「千林さん、千林さんっ……」

「うん、奏太くん。僕はここだよ」

やさしい声に「んっんっ」と野江はうなずく。すると彼はいたわるように腰を撫で「もうちょっとで悦《よ》くなるからね」とささやいてきた。それから野江の内部に収めたどこかを指でまさぐって、

「ほら……ここだ」

「……ひあっ」

瞬間なにが起きたのかわからなかった。自分の身体がぶるっと震え、そのあとおのれの分身が腹につくほど起ちあがる。

「よかった。ちゃんと感じるね」

ほっとしたような口ぶりで、千林がそこをまたも刺激してくる。

「あっ、んあっ、あっ……なに、これっ……」

た。

おのれの反応にうろたえて、しかしどんどん身体が熱くなっていく。いつしかシーツに突っ伏して、掲げた尻が揺れているのはおぼろげにわかったけれど、自分ではやめられなかった。

そんなのは知らない、聞いていなかった。自分の内側にそんな部分があるなんて。

「そ、そん……あ、ああっ」

「きみが悦くなるところだよ」

「気持ちいい?」

「い、いい……すごっ、いい……っ」

これまでにまったく味わったことのない感覚だった。皮膚を外側から刺激して得られる快感とは桁が違う。自分の深部のどこかから大きなうねりが生まれ出て、なにもかもを押しつつみ、巻きこんでしまうような強烈な体感だ。

「うあ……っ、やっ、すご……やぁっ……」

自分がなにを言っているのかわからない。初めて知った感覚に翻弄されて、言葉にならない声を洩らし、千林の仕草のままに身を震わせるだけになる。

何本かにまとめた指が野江のそこを出入りし、ぐちゃぐちゃと音を立てはじめたときも、すさまじい快感に喘ぐしかできなかった。

「もっと?　もっと気持ちいいのが欲しい?」

耳に蓋がされたようになっていて、いまひとつなにを聞いたかはっきりしない。けれども彼がやさしい声でなにかを問いかけ、勧めたようだ。野江はほとんど無意識に男のうながしにうなずいた。

「う、ん……っ」

「じゃあ、ゆっくりと息を吸って、そして吐いて……そう」

「あっ、あああ……ッ」

うながされるまま野江が息を吐いた直後、なにかとても大きなものが自分のそこを割りひらいて侵入してくる。悲鳴のような叫びをあげて、シーツをぎゅっと握ったら、その手を上から押さえられた。

「駄目だよ、奏太くん」

そうして千林は自分の指を絡めてくると、野江の右手をひらかせる。

「いい子だね、大丈夫」

なだめる声を落としながら、彼はもう片方の手で、野江の髪を、背中を、腰を撫でてくる。やさしい手つきに癒されて、知らず身体の強張りが取れていくと、背筋にちゅっとキスされた。

「そうだよ、いい子だ。緊張しないでも平気だから。ちゃんと感じるようにしたから」

自分の内側を押しひらく圧をいっぱいに感じていて、野江はうなずきで返すのがやっとだった。けれども、どうしても自分の想いを伝えたくて、何度も息をついてからようやく声を絞り出す。

「…………繫がってる?」

「うん、奏太くん。繫がってるよ」

「気持ち……いい……?」

「ああ、とてもね」

野江の肩にキスしてきて、きみのなかはあたたかいんだと彼が言う。

「そっか……よかった」

最初に触れられたとき、千林の指先は冷たかった。でもいまは冷たくない。彼はもう寒くはないのだ。

「奏太くん……」

野江の想いを読み取ってくれたのか、千林がとてもやわらかな響きをこぼす。

「好きだよ、本当に大好きだ」

「……言……えたね」

「うん?」

「お祖母……さんの」

本当は言葉を交わし合わなくても、きっとこの気持ちは通じていた。

――好きなひとに好きと言ってね。幸せになってね。

「俺も、そうだよ」

初めての経験ずくめで、もういっぱいいっぱいなのだけれど、千林が自分の欲望を抑えて、動かないでいてくれるのは感じ取れる。

少しだけ怖いことも言うけれど、結局このひとは野江にはめちゃくちゃやさしいのだ。

「俺も好き。あなたが大好き」

「奏太くん……っ」

後ろから抱き締めてくるこの腕は、野江が大好きな恋人のものだった。

「ね、もう……動いていいよ」

もっと千林が感じてほしい。自分の恋人に悦くなってほしいから、野江は努めて腰を揺らした。

「俺も、あなたを感じたい……」

精いっぱいの仕草と言葉でうながすと、彼はゆっくり動きはじめる。

「あ……あっ、あ……っ、ん」

自分の内部に男のものが入っていて、それが抜き挿しされている。

波が引くように、そしてまた打ち寄せてくるように、何度も何度もくり返し。

「んんっ……は、あぁ……んあ……っ」

しだいに満ちてくる潮のように、その動きが野江の快感をつのらせていく。

身体で感じる気持ちよさと、心がおぼえる充足感が嚙み合って、これまでに味わったことのない悦楽が満ちて溢れる。

「ああっ、んっ、あっ、やっ」

どれくらいゆったりと揺さぶられていただろうか。やがて徐々に律動が速くなり、野江はあらがいようのない快感の渦に巻きこまれる。

男の剛直が自分のいいところを擦りながら引かれるたびに、そしてやわらかな粘膜を押しひらいて突き入れられるたびに、野江は快感の喘《あえ》ぎを洩らした。

「せっ、せんぱ……あ、ああ……っ」

「奏太くん、ここはどう?」

「あっ、あっ、い……いいっ」

「じゃあここは?」

千林が角度を変えて突きこむごとに、野江は激しい快感をおぼえてわななく。

「せ、千林さっ……俺、も、もう……っ」

「達きそう?」

野江の軸は背後からの動きに揺れて、シーツの上にいくつもの滴りを散らしていた。

もうあと何回か擦られたら限界が来るはずで、野江は「出ちゃうよ……っ」とかすれた声を喉からこぼした。

「あっ、あっ、もっ、千林さ……っ、出る、から……っ」

「達っていいよ、奏太くん」

「ん、んっ、あ、も……っ」

「僕も、きみのなかで、いい？」

濡れた声でささやかれ、わけもわからずうなずいた。

「い、いい……っ、あ……アアッ、ア……ッ」

突き入れられるのと同時に、滴にまみれたペニスの先を指でぐりっと抉《えぐ》られて、我慢の堰《せき》が切れてしまった。

激しい悦楽がその一点に集中し、次いで全身に痺れるような快感が駆けめぐる。野江はあえかな悲鳴をあげて背を反らし、その直後に彼が息を詰めたのを感じ取る。

「……っ」

千林もまた達ったのか、内部に男の熱いものが広がっていき、その感覚に野江は身を震わせた。と、そのすぐあとに。

「……え、あっ、や……まだっ……？」

まだ射精の快感が終わらないのに、千林が野江の内部に放ったものを塗りこめておくかのように、腰を使いはじめたのだ。

男の精液でぬかるむそこはより最奥へと剛直を導いて、野江から喘ぎと快感を絞り取る。

「アッ、アッ、アアッ……」

終わらない快楽に翻弄されて、野江が息も絶え絶えになっていたら、揺さぶる動きがいったんとまる。それから身体を起こされて、膝立ちにさせられた。

そうして顎を摑まれて、後ろを向かされ、キスを待つ格好に変えられて……その瞬間、野江は目を見ひらいた。

「うわ……」

「どうしたの？」

「だって……」

体勢がそうだったからいままで気づかなかったのだが、千林はいつの間にか眼鏡を外していたのだった。

初めて見る眼鏡なしの千林はさらにイケメン度を増していて、しばしのあいだ絶句するほど格好いい。

「……ん、す……すご……っ」

自分の内部にはいまだ男の大きなものが居座っていて、声を発すると繋がった部分に響く。は、と野江が息をついたら「なにがすごいの？」と彼に問われた。

「み……見惚れちゃう、から……」

野江が横目に彼を眺めてつぶやくと、相手はつかの間押し黙る。そして、その頬がじわっと赤くなっていくから、心の底から驚いた。

「て、照れた……?」

照れくさがる千林というものはおぼえがなく、野江が度肝を抜かれていたら、彼が苦笑を頬に浮かべた。

「きみは僕を動揺させるのがじょうずだね」

「そ、んな……」

しょっちゅうだよと言いながら、彼が野江の内部から男のものを引き出していく。

「あ……んんっ」

その感触にぶるりと震え、虚《うつ》ろになったその場所をなんだか寂しく思っていれば、彼が野江の姿勢を変えさせ、座った男と向きあう形でゆっくり腰を落とさせる。

「あ……あ……んっ」

男に跨《また》がり、脚をひらいて、野江は自分のなかにふたたび剛直を呑みこんでいく。圧迫感はすごいけれど、内部がぬるついていたせいか、どうにかそれをなかばまでは受け容れた。

「奏太くん、こっちを見て」

うつむいていた野江がその声にしたがうと、男の顔がごく間近から目に入る。そうして千林が「これでいい?」と聞いてくるから、つまりは自分を近くから見せてくれようとしたわけだ。

やさしいのか、自信があるのか、どっちだろうと思ったけれど、彼は野江が可愛くてしかたがないといったふうに目を細め「僕もきみにキスできるからこれがいい」そう言って、蕩けるような甘いキスをくれるから、どっちでもいいことになってしまった。

「ん……ふっ……っく、ふ……っ」

キスをしながら、千林がゆるやかに腰を揺らす。そうされると中途半端になっていた快感が、男の動きでふたたび熱をあげていき、たちまち後戻りのできない場所へ野江の心身を誘いこんだ。

「あぅ、あっ、んっ……せ、千林さん……っ」

「なに、奏太くん?」

「す、好き……っ」

男の身体にしがみついて洩らしたら、内部のそれがさらに大きく逞《たくま》しくなる。

「あっ、や、やだ……っ」

湿った肉襞《にくひだ》に圧を感じて身をよじったら「不可抗力だよ」と言い抜けられた。

「きみが可愛すぎるから」

それは理屈になっていない。そもそも男に可愛いと言いすぎる。そう反論しようとして、けれども下から強く突きあげられてしまえば、悲鳴のような喘ぎ声しか出てこない。

「ア、アアッ……」

涙が滲むほど気持ちがよくてしかたない。それは自分の体感ばかりのことではなく、千林が自分のここで快感をおぼえているのがわかるから。

野江のすべてが愛しくてならないと、言葉によらず彼が教えてくれるから。

「あっ、あっ……も、もっと……」

だから野江は自分を素直に解放し、大好きな恋人としかできないことを分かち合う。

「千林さん……っ、好き、大好き……っ」

そうして彼からも愛の言葉を耳元に贈られて、野江は千林とふたりだけが行ける場所で、気の遠くなるほどの悦楽に溺れていった。

◇　◇

「……ん」

野江が目を覚ましたのは明け方らしく、窓から薄明かりが差しこんでいた。

もう朝かとぼんやり思い、そのあとすぐに隣の様子が気になった。

寝ているはずの男を起こさないようにごく静かに寝返って、相手の顔を窺ってみる。

どうだろうかと思って眺める千林は仰向けで、野江に横顔を見せている。閉じた目蓋。高い鼻梁《びりょう》。わずかにゆるんだ口元からは規則正しい呼吸が聞き取れ、野江はほっと息をついた。

（……よかった）

まだ少し隈があり、頬が前よりシャープになっている千林は、おそらくはここのところ眠れていなかったのだろう。

あれから野江の腰が抜けるほど愛し合って、後始末と称してびっくりするほど恥ずかしいことをされたあと、シーツだけ交換したベッドにふたりで倒れこみ、以後は意識が途切れたのだ。

ここに野江が来たときはまるでいまにも消えそうだった気配の男は、こうしてしっかりと実体を持った姿で眠っている。

俺がいるから。あなたの助けになるからね。

どんなことでもするよと心に誓ったとき、ふいに腕が伸びてきて、腰を抱かれて引き寄せられた。

「あ……起きたの？」

かすかな声で問いかけたが、彼は目を閉ざしたままだ。

眠ったままに自分を抱き寄せた男の仕草が愛しくて、野江は彼の肩口にそっと頭を擦りつけた。

「ずっと傍にいるからね」

ささやいて、目をつむり、野江は大好きな恋人の腕に抱かれて、ふたたび気持ちのいい眠りのなかに入っていった。

Best Partner

千林《せんばやし》 凌爾《りょうじ》が眠りの国から戻ってみると、腕のなかにあたたかいものを抱いていた。跳ねた毛先が自分の剝《む》き出しの腕に触れ、身じろげば少しばかりくすぐったい。

時刻はおそらく朝になっているのだろうが、差しこむ陽光は薄曇りのそれであり、室内は静謐《せいひつ》な明るさに浸されている。

（ひさしぶりによく眠ったな）

ずいぶんと満ち足りた気分になって隣の寝顔をのぞいてみる。すると、相手は鼻から息を洩《も》らしつつこちらのほうに寝返りを打ってきた。

「う……ん」

目覚めたのかと思ったが、いまだ目蓋《まぶた》を閉ざしたままに彼は寝言でむにゃむにゃとつぶやいている。そうして睡眠下の仕草だろうが、額を肩口に擦《こす》りつけてくる様がいじらしく可愛《かわい》かった。

このぬくもりと、いだけばしっかりとした量感は、なににも増して千林をくつろがせる。これ以上細くてもちいさくてもかなわない、まさに自分が願ったとおりの抱き心地。

「奏太《そうた》くん」

これはただ彼の名を口のなかに転がしてみたかっただけであり、起こすつもりはまったくなかった。

しかし、彼はその瞬間にぱちっと目を開け、千林を見あげてきた。

「……呼んだ？」

このとき胸に溢《あふ》れてきたのは、彼への愛《いと》おしさなのだろうか。

簡単にそう括《くく》るにはあまりにも激しい情感に襲われて、ただ彼を腕の鎖で縛りつけることしかできない。

「っ、ぷ。千林さん、どうしたの……っ？」

抱き絞られる苦しさよりも、こちらの変調を気遣ってくる、彼は本当に自分などにはもったいない男だった。無意味な自己卑下には縁のない自分だが、それでもこの彼がどれくらい希少な存在なのかはわかる。

「いや、どうもしないよ。きみがここにいることを確かめていた」

「そ、そう？」

戸惑いがちに野江《のえ》はつぶやき、それから（あ……）とちいさく洩らす。そのあと彼は真っ赤な顔になりながら落ち着かなげにもぞもぞ身体《からだ》を動かした。

「ちょ、ちょっと。千林さん腕を離して」

「なんで？」

「だって……俺、服を……」

全裸なのに気がついて、恥ずかしがるのが微笑ましい。だからつい悪戯《いたずら》心を起こしてしまい、胸の先をつついたら、野江は「ぎゃっ」とのけぞった。

「ちょっと奏太くん、その態度はひどくないかい？」

「だ、だって」

こちらに悪いなと思いつつも、気恥ずかしさに勝てない様子も可愛らしい。千林はもう少しからかってみたくなり、思わせぶりな笑みを見せた。

「昨日の晩はあんなにも僕に甘えてくれたのにね」

「え……っ」

「キスをして、もっとしてってすがりついて、それから……」

「わーっ、ストップ」

野江が足をじたばたさせて、こちらの口を塞《ふさ》ぎにかかる。唇に置かれた指を出した舌先で軽く舐《な》めたら、今度は「ひゃあっ」と手を引っこめた。

「口封じをするのなら、もっと有効な手があるよ」

もの慣れない彼のうわてを行くように、千林は余裕ありげにキスをする。

野江はしばしためらってから、おずおずと背中に腕を回してくるが、彼は知っているだろうか。自分は決してやさしい男などではなく、こうしたときに野江を抱き潰《つぶ》してしまいたい衝動と闘っていることを。

十四歳で出会ってから、長きにわたって求め続けた「そうくん」を凌駕《りょうが》した人物がここにいる野江だった。しかも、彼はその当人でもあったのだ。

野江はゆうべ——俺は最初から最後まであなたのことしか好きじゃないんだ——と言ってくれたが、それについては自分もおなじだ。彼が「そうくん」本人であるのなら、結局自分も子供のときから一貫してこの存在を欲し続けてきたのだから。

そしてついに結ばれた自分と野江とは、初恋の相手同士で、いまは両想《りょうおも》いの恋人たち——と、そんなふうに言葉にすれば綺麗《きれい》だが、自分のなかにはもっとどろどろとした利己的な欲望が渦巻いている。

たとえば、彼をどこの誰にも見せたくないと思っていること。この別荘に閉じこめて、あるいは海外に攫《さら》っていって、自分だけが愛《め》でて、抱いて、そしてそれから——。

「ふぁ……ん、ん……っ」

そこまで考えたとき、野江が鼻声を洩らしながらぎゅっとしがみついてきた。

気持ちがよくて、けれどもまだその体感に慣れていなくて、少し不安になったのだ。

自分を頼るその仕草がもの想いを打ち払い、千林は唇をそっと外して、彼の頬《ほお》にあらためて口づけた。

「奏太くん……」

やわらかな陽光を通して見れば、目元周りに憔悴《しょうすい》の翳《かげ》りがある。

「僕のせいで痩《や》せさせてしまったね」

「ううん。そんなこと」

野江はそう言うが、彼はきっとこちらのことを気遣って、ろくに眠りも食べもしていないのだろう。

「なにか食べさせてあげたいけれど、あいにくここには食べ物を置いてないんだ。長らく誰も泊まりに来ないでいたからね。地下の食料庫には保存食とワインくらいはあると思うが……」

少し削《そ》げた感じのする野江の顎《あご》を撫《な》でながら千林が告げたとき、ふたりのあいだでいきなりクルルッと音がした。瞬間目を見交わして、それから野江の頬が染まる。

「あ……ごめん」

決まり悪がる彼の様子を見たとたん、千林の肺のなかから息がいきおいよく押し出され、腹の筋肉が小刻みに波打った。

「すまない。べつに笑うつもりじゃ」

むくれた顔に断って、しかし同時に千林は自分の内からあやうい想いが抜けていくのを感じていた。

こんなにも昏《くら》い情念を感じさせておきながら、いともたやすく彼は千林を光のなかに引き戻す。そしてあたたかな愛しさで自分をいっぱいに満たすのだ。

「勝手のわからない食料庫を漁《あさ》るより、着替えて駅前まで行くほうがいいだろうね。明日は月曜日だし、そのままきみの部屋まで行くよ」

「じゃあ、千林さん」

「ああ。明日からは会社に出るよ」

「うわ、ほんと?」

よろこぶ顔には、わざとビジネスモードになって「ええそうですよ」とうなずいてから、千林は澄ました調子で言葉を足した。

「留守中ご苦労さまでした。迷惑をかけたぶん、僕のことをこき使ってもかまいませんよ。なんだったら、雑巾《ぞうきん》がけからはじめましょうか?」

それからふたりで顔を見合わせ、笑いながらキスを交わし……いつしかそれが深く激しくなっていき、合わせた肌からどちらも兆してきたのを悟る。

「ねえ、奏太くん。腹も空《す》いていることで簡単に済ませるから、もう一回してもいい?」

千林は野江を蕩《とろ》かす甘い声で問いかけて、彼をふたたび赤い顔でじたばたさせつつ、けれどもさらにやさしく髪を、胸を撫でていき「……いいよ」と言わせたのだった。

◇　◇

「野江くん、先方に渡す資料は」

「それならここに。あと、工程表もあがってきたので、一緒にファイルしておきました」

野江が差し出す資料を眺め、問題がないことを確かめる。

「ありがとう。これでいいです」

軽くうなずくと、ぱっと顔を輝かせて野江が生産企画課の戸口に向かう。

「千林さん、今日の商談、きっちりまとめてきましょうね」

祖母の服喪から会社に復帰して二カ月。千林と野江とは、従前どおり社内ではコンビを組んで業務活動をおこなっている。

会社では頼もしい仕事仲間。そしてオフではなによりも愛しい恋人。表面的にはそんなふうにじょうずに切り替えをしてみせて、しかし内心ではまたべつの想いがある。

「奏太くん。手を見せてくれないか?」

あのときの傷が見たくて、仕事が終わり野江のアパートでくつろぐ時間にそう聞けば、彼はいくらか戸惑うふうに手のひらを差し出した。

「いいけど、もう完全に治ったよ」

野江の言うとおり、治りの早い手の内側には白い筋がかすかに残っているだけだ。

「ね。どこもなんともないだろう?」

野江はそれを証明してみせるように、手のひらを握ってはひらいてみせる。かつて受けた痛みなど、すでになんでもないように。

「千林さんってば、心配性なんだから」

屈託のない明るい笑顔が胸の内に沁《し》みこんで、言葉がほろりと舌に乗った。

「……ベストパートナーか」

「ん？」

「思い出したよ。水岡くんに言われたことを」

「なに言われたの？」

「あいつとほんとに友達になったんですか、って」

「……ああ。夏ごろ書店で会ったときに」

水岡に突っこまれて困ったかと野江が聞く。千林は野江の手のひらを自分のそれに乗せながら「いいや」と返した。

「なにを言われても切り返す方法はいくらでもあるからね。でも、水岡くんは僕が返事をしないうちに――やっぱり――と言ったんだ」

「なにがやっぱり？」

「僕もそう思ったからたずねてみたら――千林さん、野江と一緒にいるときがいちばん自然に見えたから――って」

こうして話をするあいだも、黒目がちの大きな眸《ひとみ》がまっすぐにこちらを見ている。その目元にキスしたい情動を抑えながら千林は言葉を続けた。

「水岡くんが言うように、僕はきみといるときには自然体でいられるみたいだ。きみを隣に感じるときがもっとも楽に息ができる」

「え、そうなの？」

「もちろんそうだよ。きみはどう？」

「俺もおなじだ。あなたといるときがいちばん楽しい。そりゃちょっと、たまには結構どきどきするけど……だけど、俺たちの相性はばっちりだって気がするんだ」

「相性、ね」

「うん。会社でも前よりは相棒感が出てきたって思うしね。まあこれは俺の自惚《うぬぼ》れなのかもしれないけど」

「自惚れじゃない。きみは僕の大切な相棒だよ」

本心から野江に告げると、彼の唇がよろこびに、次いで驚きの形にひらく。

「わ、うれし……って、千林さん、なにしてるの？」

「なにって、きみの上着を脱がそうとしているんだよ」

野江のスウェットに手をかけて説明したら、彼は目玉を左右に揺らした。

「……するの？」

蚊《か》の鳴くような声音を洩らし、それでも野江は逃げようとしなかった。

「するよ、もちろん」

千林が宣言し、顔を近づけていったときも、野江は自分から目を閉ざし、キスを素直に受け容《い》れる。その唇に努めてやわらかな口づけをほどこして、千林は赤くなった彼の耳にとろりと濡《ぬ》れた響きでささやく。

「きみとの相性がばっちりだと言うのなら、こうして確かめてみなくてはね」

「それ……そんなつもりで言ったんじゃ」

「じゃあ、どんなつもり?」

「もう、千林さん。ちょっとエロすぎ。なんか俺、頭が爆発しそうだよ」

そんなふうに文句をつけながら、なのにしっかりとしがみついてくる野江が可愛い。まだ色事に慣れていない恋人は、それでも精いっぱいの愛情を返そうとしてくれる。だから千林はこのいじらしい恋人をうっかり抱き殺してしまわないよう、できる限りの自制をかけて、面白がるような口調を作った。

「そうかい?　でも、それは褒め言葉に聞こえるね」

◇　◇

そうやって親密な時間をくり返し過ごしていれば、月日は速やかに去っていく。

いつしか暦は二月に入り、人事異動の動きがはじまる季節になった。会社に勤める人々ならば誰しもがその話題は気にかかる。ことに来年度は大きな改変があるとのことで、専務が、部長がと、次の人事を噂《うわさ》する声もあちこちから聞こえてくる。

皆が落ち着かない気分になるこの期間、千林は小会議室から廊下に出てきた野江の姿を目に入れた。

「千林さん、どうしよう」

青い顔をしている野江は、こちらを見るなりうろたえきって訴える。

「たったいま話があって……俺、転勤しなくちゃならないみたいだ」

会社では丁寧語を使うルールも忘れるほど野江は衝撃を受けている。千林は「こちらに」と彼の背を押し、廊下の端にある空き会議室に彼を入れた。

「落ち着いて話してください。どこに行けと言われましたか?」

「仙台《せんだい》だって。本社の課長が今度支店をひらくのに、俺を指名してきたんだ」

聞いてみれば、四月からの仙台支店開設に当たって、その準備要員兼赴任課員が必要とのことだった。本社の営業課長が支店長に昇格し、それに伴って人事異動がおこなわれる。

そのことは噂程度には知っていたが、よもや野江に白羽の矢が立てられようとは思わなかった。

「俺は来期もこの工場にいられると思ってたんだ。まだまだいっぱいやりたいことも残っているし。だけど課長がどうしても俺を連れていくんだって。いずれ手元に戻すぞと、前もって言ってただろうと」

異動希望のヒアリングをすっ飛ばして内示が来たと、野江はパニック寸前になっている。

「俺、嫌だよ。サラリーマンだから、転勤はあることだってわかってるけど」

あなたと離れたくないんだと、呻《うめ》くように野江は洩らした。

「それできみの赴任期間は？　どれくらいになるのかは聞きましたか？」

「あ……それは俺が渋ったら、一年きりだと言ってくれて。……だけど、確約はできないそうだ。支店が軌道に乗るまでは力になってほしいんだって」

「だから今日は営業課長がこちらに出向いていたんですね」

「うん……だけど本社に転勤ならともかく、仙台なんて遠すぎるよ」

千林は「落ち着いて」と野江の背中を撫でてなだめる。

「まだ決定ではないですから。ともかく情報を集めてみます」

しかし、取り急ぎ情報収集してみたものの、有利な材料はほとんど見つけられなかった。

このたび仙台支店長を命じられた営業課長は、本社のなかでも実力派で、社長にコネのある千林でも揺さぶりの効かない相手だ。しかも、まずいときにはまずいことが重なるものか、千林自身にも厄介事の種が生じる。

週末に野江の部屋を訪れていたときに、千林の携帯に思わぬ人物からの連絡が入ってきた。

「千林さん、どうしたの？」

会話の様子から、面倒な案件だと察したらしく、心配そうに野江がたずねる。千林は電話の相手は浜崎《はまさき》という男だと彼に伝えた。

「浜崎は、父の会社のいわば番頭のようなものでね。祖父の代から千林家に仕えている男だよ」

「で、その浜崎さんがどうしたの？」

聞かれて千林は、ごく事務的な調子で応じた。

「浜崎自身はなにもない。ただ、僕の兄が愛人と海外に高飛びした。そのせいだろうが父親が倒れてしまい、いまは病院にいるそうだ」

「え!?　大丈夫なの？」

「ああ。命に別状はないようだ。元々血圧が高かったから、しばらくは療養が必要になるらしいが」

「じゃあ、お見舞いに行かなくちゃ」

あわてる野江には苦笑して首を振る。

「見舞いが欲しくて電話をしてきたわけじゃない。いちおう僕も千林の名を持つからね、業務連絡みたいなものだよ」

正直、千林は実家の揉《も》め事にかかわりたくない。祖母の相続の件について、四十九日の法要で親戚《しんせき》たちからの嫌み攻撃に遭ったことはいまだ記憶に新しい。

「とりあえず会ってほしいそうだから、今度の休みに一度あちらに出向いていくよ」

そして休日、千林は義務感のみで静岡まで足を運び、現専務である浜崎から話を聞けば、思ったよりも事態は深刻な様相を呈していた。

彼からひとひとおりの報告を受け、ふたたびさいたま市に戻ってきた千林は、自分の部屋でスーツを脱ぎつつ、大きなため息を吐き出した。

——凌爾さまにはあえて恥を申すのですが——と、浜崎は落ち合った料亭の一室で切り出した。

——副社長はここ数年間、会社の資金を個人的に使っておられ、部下の内部告発でこの一件が明るみに出たんです。告訴されれば、業務上横領と、特別背任の罪に問われる、それを恐れて出奔《しゆつぽん》されたわけでして。

——兄に着服された資金はどれくらいなのですか？

——それが……。

聞いて、千林は呆《あき》れてしまった。数億円にのぼる規模の資産流出。それをいままで見過ごすとは、千林の屋台骨は腐っていると思うしかない。

——副社長を告訴する腹づもりはありますか？

そう問えば、浜崎は首を振る。

──社長がご自分の私財で補塡《ほてん》するからと。

それなら、父親が息子の尻拭《しりぬぐ》いをしてやることで済ませるわけだ。ことさらに批判する気も起きないで、千林は現実的な意見を述べた。

──でしたら、マスコミ対策をしっかりして、この顚末《てんまつ》を外に洩らさないようにしておくしかないでしょうね。ひとまずはそうやって乗りきるとして、副社長の穴埋め人事は？　浜崎さんが昇格しますか。

──いえ、それなんですが……弊社の体質は凌爾さまも重々ご存知かと思うのですが、そう簡単にはまいりませんで。

千林家は昔からの製茶問屋で、旧《ふる》いしきたりが色濃く残る。そのためか、いまだに千林直系の血筋を重んじる向きもあるから、番頭格の専務が副社長に成りあがるには社長の強力なプッシュが必要なのだった。

──社長が寝こんで、トップが不在のいま、事態を収拾する方策が手詰まりとか？

──そうなんです。それで、ご相談なのですが、凌爾さまが本家に戻っていただければと。

馬鹿馬鹿しいと千林は一蹴《いっしゅう》してもよかった。いくら危急の折とはいえ、いまさら千林のはみ出し者を呼び戻してどうするつもりだ。喉《のど》まで出かかった台詞《せりふ》を、しかし千林は呑《の》みこんだ。

（浜崎は歳《とし》を取ったな……）

命を繋《つな》ぐ手術のために渡米する前後にも、千林は自分の家族と直接関《かか》わりを持ったことは一度もなかった。アメリカに転院するための手続きは浜崎がして、飛行場まで送ってくれたのも彼だった。家族とは縁が切れたも同然の状態で、実直な浜崎だけが実家との窓口になっていたのだ。

そんなふうにある意味肉親よりも近しい男が憔悴しきっている様は、いくら本家に興味のない千林でも、どうなってもかまわないと無下にすることはできない。しかし、彼の望むようにこちらが本家に返り咲くのはごめんだった。いまの自分にはもっと大事なものがある。

千林がそこまで考えたとき、スマートフォンが着信を報《しら》せてきた。

「ああ、奏太くん。……いや大丈夫、さっき帰って着替えを済ませたところだよ」

心配そうな彼の声を耳にして、知らず唇に笑みが浮かぶ。

今夜はもう暇なんだと言ってみたら、野江が『だったら』と誘ってきた。

『もしよかったら、こっちに来られる?』

これにはまったく異存がない。時刻は午後六時。いまから行けば彼に夕食を作ってやれる。

「そうだね。きみは風呂だけを沸かしておいてくれればいいよ」

献立はなににしようかと考えながら、千林は鍵《かぎ》を手に玄関へと向かっていった。

◇　◇

「千林さん、俺は決めたよ」

　夕食のあと、問われるままに千林が打ち明けた事情を聞いて、思い詰めた表情の野江が言う。

「俺は一年間の約束で仙台に行く」

　野江は千林の手を取って、間近からのぞきこむように視線を合わせた。

「だから、あなたはそのあいだに実家の問題を解決して」

「……僕は千林のはみ出し者だよ。その僕に屋台骨が傾いた本家に乗りこみ、このトラブルを差配しろと？」

　声に皮肉が交じったのは、長年のいきさつを鑑《かんが》みればしかたない。しかし野江は迷いなく「うん」と言う。

「あなたならできると思うし、たぶんその問題の解決策もすでにいくつかは考えているんだろ？」

「それは……」

　確かにそうだ。昔ならいざ知らず、いまの自分は知識と経験が培ったノウハウを持っている。しかも、総株数の一割を押さえていれば、それなりの発言権は見こめるだろう。

「でもそうなれば、僕は本家の立て直しにほとんどの時間を取られる。しかもきみは仙台だ。そのあとの一年間は、べつべつの生活になってしまうが、それでもいいかい?」

嫌だと野江に言ってほしくて、千林はこれを告げる。彼は(う)と息を呑み、そのあと唇を震わせた。

「それは……嫌だ」

「だったら」

ほっとして千林が言いかける。しかし、野江は目の縁に涙を滲《にじ》ませ「だけど」と洩らした。

「あなたはきっと病気になったお父さんに知らんぷりはできないよ。まして、身内より親身な気持ちでいてくれた番頭さんの頼みだったらなおさらだ」

やはりこの流れになるのだなと、千林はいささか複雑な心境で彼の台詞を耳にした。

野江の言動は自分の予想を外さないのに、いつも最後には引っくり返す。誠実であたたかな心根が言わせたとわかっていて、しかしいまの自分には苦みが交じる。

「僕がそんな親切な男だとでも?」

わかりやすい皮肉っぽさで返してやると、野江は一瞬言葉に詰まり、それからきつく眉根《まゆね》を寄せる。

「……あなたがそう言うのも無理はないよ。これまでのことがあるから、あなたは断っても当然なんだ。俺だってあなたの傍《そば》から離れたくない。ずっとこのままふたりでいたいと思ってる」

「それならどうして仙台に行くことを決めたんだ？　無理をして離れずに、一緒にいればいいじゃないか」

これには千林の本心が交じっている。いまの状況をきっかけに、なんだったらふたりして会社を辞めてもかまわない。当分は海外かどこかに行って、雑音のいっさい入らない生活をする。そして何年か経《た》ったのちには自分で会社を興してもいい。そのくらいの資金と能力は持っている。

「だって……前にあなたは言ったじゃないか。初めて客先に行ったときに」

なのに野江は千林にこう言うのだ。

「――得意先に負担をかけず、だけどこっちも無理しすぎない、そんなやりかたを探すんですね――って、俺があなたに確認したら――そうです。そのような方向を目指しましょう――って。だからきっとなにかあるよ。少しずつ持ち寄って、譲り合って、そんな方法がかならず見つかる」

あなたなら……と信頼しきったまなざしが、目にも心にもまぶしかった。

普段からわからせないように図っているから無理もないが、自分は野江のそんな信頼に値する男とは思えない。

むしろ閉ざされた世界上等、野江だけがこの世にあれば不自由をおぼえない。彼を捕まえて檻《おり》に入れ、鎖に繋いで一生飼い殺しにしてやりたい。そんな想いがつねに胸の奥にある。

（だけど）

同時に千林は理解している。もしもそうしてしまったら、自分のエゴで野江を無理やり押し潰してしまったら、彼はきっと生きられない。もしくはこの存在ではないものになってしまう。

「きみは本当にそれを望むの？」

彼はこくんとうなずいた。

「そうだね……」

野江が自分に向ける信頼。自身はそれに値しないが、彼のためならそのように振る舞ってもかまわない。

「たぶん、きみの言うとおりなんだろう」

野江はきっと、自分と世界とを繋ぐ橋だ。明るい光を届ける窓だ。

祖母がいたからいびつななりに自分はひとを愛することをおぼえられた。

そして、野江は、彼ぐるみこの世界をありのままに受け容れる鍵なのだ。

「ふたりして、そのような方向を目指そうか」

少年時代の野江――あの「そうくん」があのときにあそこにいたから、自分は生きていたいと思った。そして、いままた途絶していた身内の絆《きずな》を彼がふたたび結ぼうとしてくれる。

この世界に野江がいて、自分を愛してくれるなら、きっとなんでもできるだろう。

「ほんとに……!?」

「ああ。でもそれは明日からね」

意味が摑《つか》めずきょとんとする野江が可愛い。どうかこのまま無邪気でいてくれと望むけれど、しばらく離れると決めたのならば、保険をかけておかなければ。

千林はとっておきの甘い声で彼の耳にささやいた。

「今晩は、負担をかけず、無理しすぎない、そんなやりかたはできそうにないからね」

そうして「あ……」と意味を吞みこみ、耳を染めた彼にキスして、ラグの上に押し倒した。

◇　　◇

「あ……や、やだ、それ……っ」

「どうして?」

たずねる千林は、大きくひらかせた野江の脚のあいだに割りこみ、快楽が歪《ゆが》ませた彼の顔を見下ろしている。

何度もキスされた唇は赤く腫《は》れ、肩で息をつく仕草のたびに見えるのは千林が大好きな右の犬歯。

「とても気持ちがよさそうだよ」

ほら……と両方の胸を摘《つ》まんで引っ張ってやる。すると、野江は「あぅ……っ」と艶《なま》めかしい叫びを洩らした。

「あ、ん、やんっ」

つんと尖《とが》ったちいさな粒をいじり回すと、可愛い啼《な》き声をこぼしながら身をよじる。

さらに乳首をこねるようにさわってやると、身悶《みもだ》えて腰を揺らすが、仰向《あおむ》けで脚をひらいた淫《みだ》らな姿勢は変えられない。いまは彼の尻の奥に怒張した男のものがしっかり嵌《は》まっているからだ。

男に愛されることをおぼえはじめたすぼまりは、千林がさんざんいじって、舐め溶かして、巨《おお》きなものを咥《くわ》えても平気なようにさせてある。

「せん、千林さ……っ」

「どうしたの?」

お願いと目で訴えても聞いてやらない。今日は新しい快楽をこの身に教えこませたいのだ。

「う、動いて……っ」

こらえかねて、野江が言葉で頼んでくる。けれども千林は「まだ駄目」としりぞけた。

「もうちょっと待っててごらん」

「だって……もうっ」

もじもじと尻を揺すってしまうのは、もっと強い快感が欲しいからだ。

これまでに千林が後ろで味わう快楽を丹念に仕込んだおかげで、野江はすでに自分のそこにも性感帯があることを知っている。男の性器で擦られれば、気持ちよくなる箇所があるのに気づいている。でも、今日は……。

「息を吸って……そう、ゆっくりと……それから吐いて」

野江に命じて、ゆるやかな息のしかたを試みさせる。

自分の内部に男を容れることに慣れ、しかも悦楽の手前にいてもどかしい野江の身体は、こんなふうにしていればきっと次のステップに踏み出すはずだ。

そうしてまもなく思ったとおりの兆しが生じる。

「……あ、えっ⁉」

言われるままに深呼吸を続けていた野江の背筋が、唐突にびくんと跳ねる。

「や……これっ、ちょ、なに……っ？」

「ああ来たね」

挿入している自分のものでそうと知れる。男を包みこんでいたやわらかな肉襞《にくひだ》が、ヒクヒク痙攣《けいれん》しはじめたのだ。

「や、なにっ、やだ……っ」

自分の反応に驚いたのか、野江が目線を自分の下腹部に持っていく。

「せん、千林さん……っ、あ、や、やだっ……」

「怖がらなくても大丈夫。自然現象みたいなものだよ」

「し、自然っ……ちが、あ、んんっ」

しきりに蠢《うごめ》く肉筒は、淫らな蠕動《ぜんどう》をくり返し、激烈な快楽を野江にあたえる。千林をはさんでいた野江の腿《もも》が小刻みに痙攣し、尻が揺れて持ちあがった。

「ここがね、自然に動くんだ」

そう言って、髪とおなじ茶色の下生えを指で梳《す》き、ほんの少しそこを押したら、野江が濡れた喘《あえ》ぎを洩らした。

「ああう……ッ」

快感に耐えかねたのか、腰を揺すって誘うけれど、こちらからは決して肉筒を擦ってやらない。すると、野江の内側はぐねぐねと淫蕩《いんとう》な動きを続け、男の剛直をいやらしく啜《すす》りあげる。

「そう……じょうずだよ」

「あ、ああっ、や……は、う……んっ……」

次々に襲いかかる激しい愉悦に視点がぶれてしまったか、大きくひらいた野江の眸はどこも見てはいないようだ。

身を折って、尖った歯先に舌を寄せたら、その動きでさらに刺激が増したらしく、野江が無意識に千林の唇に嚙みついた。

「……っ」

一瞬食い締めた顎はすぐにひらいたけれど、すでに唇を傷つけていたらしく、痛みと濡れた感触とがじんわりとそこから起きる。

「ご……ごめ……っ」

激しい快感にほとんど意識が飛んでいるのに、なにかを感じ取ったのだろう、野江がなかばうわ言みたいにあやまってくる。

「いいんだよ、僕の可愛い奏太くん」

愛しい気持ちを声に変え、彼の髪をやさしく撫でる。それから錆《さ》びの味がする唇を舌で舐めて、彼の両手を摑み取ると、自分の胴に持っていった。

「僕に摑まって。すぐに達かせてあげるからね」

たぶん今夜は後ろだけで何度でも。

そうして千林はゆるやかに腰をグラインドさせはじめる。最初から飛ばしてしまうと、野江はきついと思うだろうから、純粋な快感だけを拾えるように、加減しながらゆっくりと。

「あっ、あっ、ああッ……」

「気持ちいい?」

「んっ、ん……っ、や、も……っ」

「達っていいよ」

千林がうながすと、野江が短い喘ぎを洩らして射精する。

「は、アアッ」

瞬間、野江の柔襞が激しく収縮をくり返し、あやうく持っていかれそうな感覚をかろうじてやり過ごす。触れられないまま精を放った野江の軸は中途半端な角度をつけて、先から滴をたらたらとこぼしていた。

「まだまだ達けそうな様子だね」

「も……む、り……っ」

「そう?」

こころみに腰を軽く挿《さ》し引きすれば、野江は悦楽に蕩けきった声音を洩らす。痛くも苦しくもないことを確かめて、千林は「ほらね」と艶めかしい笑みを浮かべた。

「ちゃんとおぼえて。僕に愛されるやりかたを」

そうして囚《とら》われて、溺《おぼ》れてほしい。もう二度と離れたくなくなるほどに。

「んっ……ん、せんばやしさ……っ」

「なあに?」

「おぼえる、から……っ」

手を繋いでというふうに野江が腕を伸ばしてくる。その手を取って、口づけて、心からの言葉を告げた。

「好きだよ、奏太くん」

「お、俺も……っ」

すでに快感で意識が朦朧《もうろう》としているはずで、なのにきちんと返してくるいじらしさ。

千林は「あたたかいね……」とつぶやいて、愛するひとに最高の快楽を贈るべくふたたび腰を進めていった。

◇　◇

本家の立て直しをすると決めて、千林が最初にしたのはいまの部署に一年間の看護休暇を申し出ることだった。

「社長は申請を受理するそうだ」

届出書を手に、生産企画の跡見課長がそう言った。

「ただし、丸ごとの休みはまずい。休暇中もメールや電話を通じて、できる限りの業務をおこない、可能であればときどきは出社してもらいたい。それが許可の条件だ」

承知するかと課長に問われ、千林はもちろんですと彼に応じた。

「我儘《わがまま》を聞いていただき、感謝します」

「きみはわが社にとって有為の人材なんだからね。お身内の看護をしっかり、そして一日も早く職場に復帰してくれよ」

それで会社方面はなんとかなったが、野江のほうはこうしておけばというふうな割りきりかたは到底できない。

「もう、や……っ、達きたくな……っ」

「きみのここがもっと強い刺激が欲しいと、僕にしゃぶりついているのに？」

「あっ、ああっ、こ、擦っちゃ、やだっ……」

「僕はなにもしていないよ。僕のペニスを美味しそうに食べているのはきみのほうだ」

「ち、ちがっ、あっ、ああっ……い、達くぅ……っ」

野江の転勤が決まってから、毎晩彼とセックスした。交わるたびに野江の身体は開発されて、敏感になっていく。毎日吸われていじられる胸の尖りは、シャツの布地が擦れるだけで感じるらしく、会社の出先でスーツの上からさわったら、真っ赤な顔で身をよじった。

「せ、千林さんっ、駄目だって」

「僕にもっとしてほしくて困るから？」

涙目で睨《にら》むのを笑ってかわし、可愛いねと頭を撫でてやりながら、そのじつ千林にはたくらみがある。

昼でも、夜でも、どこの場所でも、野江の全身に自分の記憶を刻んでおきたい。彼がいつどこにいようと、自分のことを思い出し、たっぷりと躾《しつ》けられた肉体がうずくように。

「千林さ……っ、こんな格好っ……」

「恥ずかしい？　だけど気持ちがいいだろう？」

「んっんっ、あ……っ、い、いいよっ……気持ち、いい……っ」

快楽の蜜《みつ》に浸して溺れさせ、自分のことしか見えないくらいに惑わせたい。仙台に行くのは嫌だ、あなたといるとねだるほどに籠絡《ろうらく》したい。

千林が注ぎこむ愛情と快楽とに縛りつけられ、初心《うぶ》な身体は思うさま翻弄されて……なのに野江は出立の朝、半べそをかきながら、いってきますときっぱり告げた。

「俺、頑張るから。あなたも身体に気をつけて。飯を食って、ちゃんと寝てな」

健気《けなげ》な野江は、結局こちらが望むとおりの言葉はくれなかったけれど、彼の気性を考えればこれもやむを得ないのだろう。

「ああ、きみも。当分は忙しいだろうけれど、都合がついたら会いに行くから」

その都合をつけるために、千林は目の前の案件に取りかかった。

「浜崎からお聞きになったと思いますが、今日から僕があなたの世話をしますから」

本家の立て直しには父親の変心が不可欠であり、まずは病院に詰めきりで彼の看護に専念する。

父親とは完全に親子仲が冷えていて、互いに馴染《なじ》みのない関係だったが、その反面、喧嘩《けんか》をしたとか気まずいことがあったというわけでもない。千林は元から持ち合わせのない親子の情を前面には出さないで、看護人兼アドバイザーとして誠意を示し続けたのがたぶんよかったのだろう。

最初はどのような進言にも耳を貸さないでいた父親も、次第に態度が軟化しはじめ、退院が決まったころにはいくらか会話が成り立つようになってきた。

そして、その効果は自宅療養後も薄れることなく、千林を傍に置いてあれをしろこれをしろと命じる合間に、息子からの忠告もそれなりに受け容れる姿勢を表す。

(このあたりが頃合いだろうな)

そこまでの変化を見てから、千林は専務の浜崎と連動して、企業の体質改善の取り組みをしはじめた。あくまでも社長を通じてという体裁を保ちつつ、外部から取締役を迎え入れ、旧弊な体制を徐々に改良していったのだ。

「凌爾さまはたんなるアドバイザーではなく、正式な役員としてこの会社に入ってくださらないのですか？　あなたさまほどの力量ならば、どこの席に就いたとしても皆には不服がないでしょうに」

浜崎はできれば千林が副社長にと期待を持っていたようだったが、端《はな》からそこまでつきあう気は持っていない。空席のポストについてはいずれ専務の浜崎か、やりての外部役員で埋めるのが妥当だろう。

「僕はその任ではないですからね。用事が済めば、元の職場に戻りますよ」

そう浜崎に告げたとおり、千林は一年足らずでおおむねの枠作りを完成させると、さっさと本家から手を引いて、自分の会社に復帰した。

そして待つこと一カ月。今日は野江が一年ぶりにさいたま工場に帰ってくる。

「……はい。それでは皆に伝えておきます」

固定電話の受話器を戻し、千林は生産企画課の面々を見渡した。

「野江くんはまっすぐこちらに向かっているので、あとはさほどもかからずに到着するとのことでした」

千林が電話で受けた伝言を報せると、周囲の空気が一段と明るくなった。

「あいつ、正式な着任は明日なのにな」

「あっちを出て、その日のうちに顔を出すとか、らしいっちゃらしいけど」

ほがらかな声が飛び交い、いずれも野江がこの課に帰ってくることを待ち望んでいるとわかる。

しかしいちばん野江の帰りを待っていたのは、当然だが自分だろう。

このあとはもう二度と彼を手元から離さない。これ以後は、働く場所も、住むところも一緒にして、いつでも彼を見、触れられるようにする。

それがこの一年間、野江不足で苦しんだ千林の結論だった。

(われながらよく我慢した)

会いたいときに会えないもどかしさはもう懲りた。何度野江を攫っていこうと考えて、それを思いとどまっていたことか。

けれど、それもあと少し。早く傍に戻ってこいと千林が念じてまもなく、生産企画課のドアがひらいた。

走ってきたのか、幾分紅潮した頰で、茶色の毛先を跳ねさせた青年が、いきおいよく入室してきて胸を張る。

「野江奏太、ただいま帰着いたしました」

お辞儀をしたあと、明るい顔で軽く敬礼してみせる。それからぐるっと視線をめぐらせ、千林を見つけた顔がよろこびに輝いた。

「千林さん、ただいまっ」

「おかえりなさい、野江くん」

やさしい表情で微笑《ほほえ》み返し、なにげない様子を作って握手を求める。

「一年間ご苦労さま。これからはこの職場でまたよろしく」

「はいっ。こちらこそどうぞよろしくっ」

そう言う口元には可愛らしくも大好きな右の犬歯。それを見ながら千林は考える。今夜はきっとここのみならず、彼のすべてがこの身に触れられ、甘い蜜液に浸されて溺れるだろう。

愛情と愉楽とでくるみこみ、恋人を陶酔に喘がせるそのときを待ちながら、千林は彼の手を握り返した。

これ以後は永遠にこの手を離すことはしないと、自分自身に誓いながら。

あとがき

いちおうこれだけは言っときたいと思うんだけど、あのひとが人誑しで性悪と俺は思ってないからね。そりゃまあ……普段からいいように振りまわされているんだけどさ。でもあのひとは根っこのところじゃ、本当にやさしくて、情の深ーい男なんだ（野江談）。

それが事実かどうかについては、本書をご確認いただくとして、私としては腹黒わけあり複雑系の眼鏡男を書けたので満足です。

こんな男の相手ができる、野江はある意味希少な存在かもしれません。ただしそのぶん、今後も大変だろうなと。いや、野江ならばそうした過程も楽しんでいけそうですが。

ここに出てきます千林は、拙作「草食むイキモノ　肉喰うケモノ」では、腹黒をにおわせつつも、いいお兄さんの役割でした。しかし今回は本領発揮、と言いますか、隠した部分がかなり露出しているようです。もちろん前作をお読みになっていなくてもオッケーですが、本作にもちょこっと出てきた牧野や組立班の班長との関わりにご興味がおありでしたら、シャレード文庫さんの既刊をのぞいてみてください。

このたびは既刊を踏まえての造形ということで、それなりに苦労したところがあり、そうしたときになによりの力になってくださったのは、担当さまの存在でした。いつも本当にありがとうございます。心より感謝いたしております。

また、イラストをお描きくださった兼守美行さま。素晴らしいラフの数々を拝見したときには、今城のココロの眼鏡がパリンコと割れました。全裸でも眼鏡を外さない千林……うわあ、素敵。ものすごくツボでした。表紙案のもうひとつも素晴らしく、これは私のお宝にいたしますね。ありがとうございました！

本作がこうして形になりましたのも、拙作をお読みくださる皆さまがあればこそ。感謝の気持ちとともに、少しでも楽しんでいただけますことを願っています。

それではまた。どうぞ次でもお目にかかれますように。

今城けい

今城けい先生、兼守美行先生へのお便り、
本作品に関するご意見、ご感想などは
〒101-8405
東京都千代田区三崎町2-18-11
二見書房　シャレード文庫
「性悪人誑しに男前わんこが溺れています」係まで。

本作品は書き下ろしです

CHARADE BUNKO

性悪《しょうわる》人《ひと》誑《たら》しに男前《おとこまえ》わんこが溺《おぼ》れています

【著者】今城《いまじょう》けい

【発行所】株式会社二見書房
東京都千代田区三崎町2-18-11
電話　03(3515)2311[営業]
　　　03(3515)2314[編集]
振替　00170-4-2639
【印刷】株式会社 堀内印刷所
【製本】株式会社 村上製本所

落丁・乱丁本はお取り替えいたします。
定価は、カバーに表示してあります。

©Kei Imajou 2016,Printed In Japan
ISBN978-4-576-16181-5

http://charade.futami.co.jp/

CHARADE BUNKO

スタイリッシュ&スウィートな男たちの恋満載

今城けいの本

草食むイキモノ　肉喰うケモノ

……あー、これやばい。なんか美味そう

イラスト＝梨　とりこ

わけあって中卒で工場の工具備品室で働く幸弥。工務部長・大谷のセクハラに怯えていたところを、兄貴分で組立二課の班長・関目が守ってくれることに…。幸弥の質素でつつましい暮らしぶりや小動物のようなたたずまいに、十代はヤンチャで鳴らした関目の庇護欲は次第に捕食欲とないまぜに——!?

CHARADE BUNKO

スタイリッシュ&スウィートな男たちの恋満載

今城けいの本

瀬戸さんは、最後まで俺を抱く気になれませんか？

リアルリーマンライフ

イラスト＝金 ひかる

精密機械製造会社開発部の瀬戸は営業部のホープ・益原とクレーム処理に当たることに。社交的でそつのない益原に、根っから理系人間の瀬戸は苦手意識を感じるが、益原は意外な行動に!?

ねえ、安芸さん……俺に男の抱きかたを教えてくれる？

高機能系オキタの社員食堂

イラスト＝みずかねりょう

食品専門商社勤務の沖田は管理栄養士の安芸が大好き。ところが安芸が沖田の先輩・真下に長年片思いをしていると知り……。年下ワンコ商社マン×年上未亡人系管理栄養士のおいしい社食ラブ♥

CHARADE BUNKO

スタイリッシュ&スウィートな男たちの恋満載

今城けいの本

頼むわ、千鳥。今日は会社があんねんで。

そんなん仕事しとるんやろが！

窓際部署にやってきたコテコテの関西弁にスタイリッシュ眼鏡がアンバランスな熱血仕事男・針間。そんな針間のサポートをするうちに…⁉ 明日ちょっと元気になれる頑張るサラリーマンラブ♥

イラスト＝明神 翼

美味しいご馳走を目の前に、おあずけか――。

町工場にヒツジがいっぴき

御曹司の遥季は電車事故を免れたことで自身の生き方を見直し、従兄弟のアパートに住み込んで彼の娘・美羽の面倒を見ている。町工場の面々に受け入れられ、その中の皆瀬に心惹かれていくが…。

イラスト＝周防佑未